少年陰陽師

しょうねん　おんみょうじ

少年陰陽師 拾

光之導引

光の導を指し示せ

結城光流—著　涂愫芸—譯

重要人物介紹

縫補衣服是未來妻子的工作……？

安倍昌浩

安倍家的么子，十四歲的菜鳥陰陽師，天生有極強的靈力。父親是吉昌，母親是露樹。個性好強，最討厭的一句話就是『安倍晴明的孫子』，立志一定要超越晴明，成為最偉大的陰陽師。

藤原彰子

左大臣藤原道長的大女兒，擁有一頭美麗的長髮，個性率真。和昌浩一樣擁有強大的靈力，能看見妖怪，卻一點都不會害怕。如今『半永久性地』寄住在安倍家。

小怪

四隻腳的神物，是昌浩形影不離的好搭檔。雖然不承認自己是怪物，但昌浩硬要叫它『小怪』。長相可愛，嘴巴卻很毒，姿態又高。平日化身為小怪，一旦面臨危險便會展露神將的本性。

勾陣

十二神將之一的土將。通天能力僅次於騰蛇的她，也是個兇將。年紀大約二十出頭，細長的眼睛綻放出銳利的光芒。

紅蓮

十二神將之一的火將騰蛇。身材高大強壯，頭戴金色頭箍，相貌精悍，有一對如火焰般燃燒的金色眼睛。愈是陷入絕境時，愈能顯露出猛烈似火的本性。平日化身為小怪，跟著昌浩。

安倍晴明

歷代少見的偉大陰陽師，能用離魂術變成二十多歲時的模樣。極疼愛孫子昌浩，但因為太了解他不服輸的個性，因此常常故意用激將法，對他冷嘲熱諷。昌浩因此非常討厭晴明，叫他『老狐狸』。

青龍
十二神將之一的木將，敵視紅蓮。有一雙犀利的深藍色眼眸，長髮隨性綁在頸後。他有另一個名字『宵藍』，但是只有晴明可以這麼叫。
六合
十二神將之一的木將，沉默寡言，但給人親切感。右眼下方有個黑色圖騰，肩上纏著一條深色長布條，頸上掛著三個銀項圈，右手腕上戴著寬大的銀手鍊。
玄武
十二神將之一的水將。漆黑的短髮，小孩子特有的高亢聲音。耳朵戴著黑光閃閃的玉石耳環，頸上也戴著同樣的玉石項鍊。
高淤
排名日本前五大的貴船祭神。
藤原敏次
大昌浩三歲的陰陽生。

平安京地圖

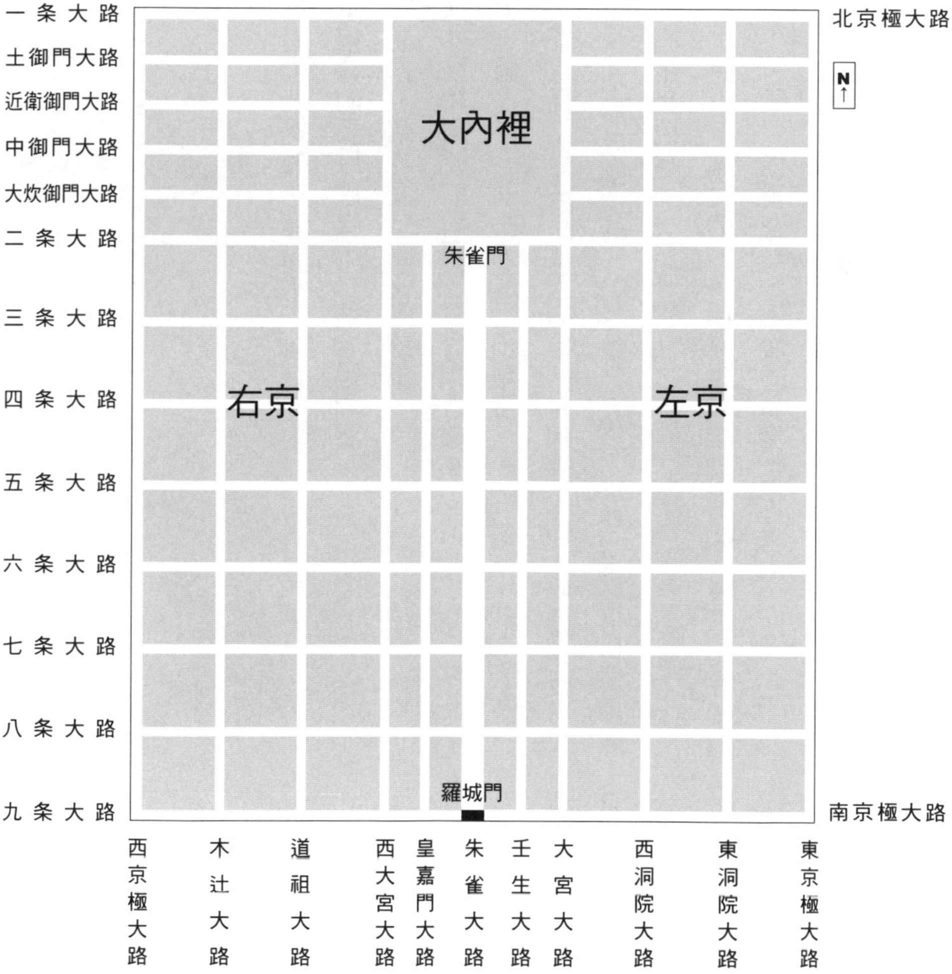
一条大路
土御門大路
近衛御門大路
中御門大路
大炊御門大路
二条大路
三条大路
四条大路
五条大路
六条大路
七条大路
八条大路
九条大路
北京極大路
南京極大路
N
大內裡
朱雀門
右京
左京
羅城門
西京極大路
木辻大路
道祖大路
西大宮大路
皇嘉門大路
朱雀大路
壬生大路
大宮大路
西洞院大路
東洞院大路
東京極大路

1

春天結束了。

『……啊，快寫完了，終於快寫完了，可是……』

坐在矮桌前振筆疾書的藤原敏次，快速瞥過周遭。

身旁堆積如山的文書，始終沒有減少的跡象。

他輕聲嘆息，揉揉已經僵硬的肩膀，難得抱怨起來。

『唉！只是少了一個直丁，就積了這麼多雜務。』

安倍昌浩來陰陽寮當直丁是去年夏天的事。在他進來前，雜務都是各自分擔，或是誰看到就誰做，很自然地形成輪流制。有了直丁後，那些事就很自然地成了直丁的工作，敏次他們可以專心做其他事。

去年秋天昌浩請了將近一個月的假，雜務也大半耽擱了，亂成一團。昌浩的工作從那時候開始增加了不少，所以他不在時，敏次的負擔也更重了。

由此可見直丁的工作有多瑣碎、有多忙碌。

他停下手來，嘆了一口氣。

『唉！人都變懶了，要振作起來才行。』

有了專任的人，那份工作就成了不該別人做的事，心裡也自然會這麼想。所以當遇到突發狀況，專任者不在，那份工作被分配到每個人身上時，就會成為大家的負擔，令人厭煩。

以前也是這樣在做，感受卻不一樣了。

在輪流做雜務的時候，有人開始低聲抱怨自己為什麼要做這種事，認為這一切都要怪直丁請假沒來，把所有不滿發洩在去出雲出公差的安倍昌浩身上。

『不行，那樣絕對不行。』

完全是不合理的遷怒。

雜務是直丁的工作沒錯。

『但是，要看場合、看狀況，體弱多病的昌浩做起事來敦厚老實，不該怪他、說是他的錯，那又不是他的本意。』

敏次曾經狠狠罵過以前老請假的昌浩，但是，自從昌浩洗心革面認真工作以來，他就對昌浩產生了好感，他最喜歡這種懂得反省的人。

『又不能叫他早點回來，還得看成親大人的本事如何，很難說何時能完成……』

正當敏次皺起眉頭、環抱雙臂、口中唸唸有詞時，平常在其他部門工作的天文生安倍昌親湊巧經過。

『陰陽生，你臉色這麼沉重，在想什麼？』

敏次突然張大眼睛，看到疑惑地望著自己的昌親，一時說不出話來。

『啊，沒有啦，呃……』

總不能回說：因為你那個擔任直丁的弟弟被派去出雲，人手不夠，所以雜事全落在我們頭上，有人很不高興。

『很久沒做這種事了，讓人想起初心……』

這就是所謂善意的謊言吧？更何況，思考內容差不了多少，只是改個說法，並不算欺騙。敏次是學習陰陽術、從事陰陽工作的陰陽寮官人，而且，語言有『言靈』存在，所以他使用語言時，向來堅持不能說謊、作假。

昌親點點頭，沉穩的臉上露出笑容。

『啊！你說得沒錯，我也是偶爾想起初心，就會去做做雜事。』

『昌親大人也做雜事？』

敏次訝異地問。昌親滿臉意外地說：『我做雜事會讓你這麼驚訝嗎？』

安倍吉昌的次子瞇起眼睛，不解地偏著頭。

身為藏人所陰陽師安倍晴明的次子、高居天文博士地位的安倍吉昌，有三個孩子。

長子是曆博士成親，次子是眼前的天文生昌親，三子就是請假不在的直丁昌浩。

相對於長子成親的闊達豪邁，昌親給人的感覺比較沉穩、文靜，默默觀察星象的模樣，最像父親吉昌。

靠陰陽術維生的安倍家族，除了『極少數人』之外，其他家族成員都具有高超的能力。其中又以現在的安倍家之長晴明為首，沒人比他更厲害。

敏次想起那些『極少數人』，不禁露出複雜的表情。

直丁昌浩的通靈能力好像還不錯，也很努力學習，最重要的是有安倍晴明親自教導。但是，再怎麼看都比成親、昌親遜色。

他的父親吉昌、伯父吉平以及堂兄弟們都太優秀了，安倍晴明這個當代最頂尖陰陽師更成了一面難以超越的高牆。雖然事不關己，敏次還是替昌浩覺得很辛苦。

『對了，昨天我收到我哥哥從出雲送回來的信，如果快的話，他們五月①前就能回來了。』

『真的嗎？很快呢……』

當初的預定是最快也要到五月底才能回京。

『他回京後會做詳細報告，不過，信上說任務已經達成，所以應該是提早把事情解決了。』

昌親的溫和表情具有某種力量，會讓看著他的人放鬆心情。

『這樣啊……那麼，表示成親大人和昌浩都平安回來了？』

敏次安下心來，昌親的眼角卻瞬間閃過一抹陰影，但很快就消失了，又恢復平常沉穩的表情。『是啊……他們會平安回來。』

聲音裡潛藏著些許憂鬱，但是敏次沒有聽出來。

『光昌浩一個人的確教人擔心，但是有成親大人跟著就沒什麼好擔心了。說不定五月就會回來了啊，那麼……』

或許最好稍微調整一下輪流的順序，要不然很可能會有人抱怨不公平。

『很抱歉，給你添了不少麻煩，不過等昌浩回來後，還是要拜託你繼續關照他。』

『是，請放心，我會好好關照他。』

敏次用力點著頭，昌親笑笑，轉身離去。

走在環繞建築物的外廊上，昌親露出憂鬱的表情。

『平安回來啊……』

成親寄來的信上，有一行字讓昌親驚愕不已，那就是昌浩失去了『靈視力』。

『怎麼會這樣呢？』

在全家族中，『靈視力』最好的就是那個弟弟啊！

信上說，昌浩並不是失去所有靈力，只是『靈視力』完全消失了。

就某個角度來說，那種狀態不是遠比失去所有力量都還要殘酷嗎？擁有不上不下的力量，反而更難受。

弟弟集祖父晴明的教導與期待於一身，成親和昌親雖然也是安倍家的人，靈力也勝過他人，但是，不管怎麼琢磨還是無法超越弟弟出類拔萃的天生資質。

曾有一次，成親在喝酒時這麼對他說：

『我以前很怕騰蛇，現在還是怕，你也是吧？其實不只騰蛇，只要十二神將出現在我面前，我就會覺得胃部發冷。完全無法靠意志力控制，那應該就是所謂的本能。爺爺和昌浩就完全不在意，我想有沒有天賦的差別就在這裡。』

成親不知道該如何表達自己的想法，只能那樣說明。昌親也回他說應該是吧！頗能理解他的感覺。

或許，應該說是立場不同吧？或者說看到的東西不一樣，會更貼近那種感覺吧？

現在昌浩卻失去了那個『靈視力』。

『怎麼會這樣呢？』昌親又在嘴裡嘟囔著，垂下了肩膀。然後甩甩頭，試圖換個心情，要不然會影響工作效率。

兄弟們還要一個多月才會回來，在那之前先跟祖父和父親商量，找出對策吧！自己

的知識、經驗都還不足，但是，有父親和祖父在，說不定可以恢復昌浩的力量。

『對了，我有事要告訴博士呢……』

昌親突然想起來，又轉身折回去。他所說的博士是天文博士，也就是父親吉昌。在職場上他謹守禮儀，都是以職稱稱呼父親和哥哥，稱吉昌為博士，稱成親為曆博士。昌浩就直接叫昌浩。有一次他叫昌浩『直丁』，昌浩本人沒怎麼樣，倒是被昌浩身旁的小怪狠狠瞪了一眼。小怪是神將騰蛇變身後的模樣，所以那一瞪很可怕。雖然沒以前那麼可怕，他還是跟哥哥一樣覺得胃部發冷。

最近都是值夜班，所以很少有機會見到白天班的昌浩。他是在成親和昌浩啟程後，才知道他們兩人被派去了出雲。

哥哥雖是曆博士，卻比自己更擅長陰陽術，所以不必擔心。昌浩是與哥哥同行，應該也不用擔心。不能在他們出發前說聲再見是有些遺憾，不過，可以等他們回來後，兄弟們辦個小小的聚會。

『這時候或許不適合聚會吧……』

昌親邊赤腳啪噠啪噠走在外廊上，邊瞇起眼睛沉思。與他年紀相差一大截的弟弟剛邁入十四歲，正要開始琢磨能力展現才華，卻發生了這種事。

『真希望我可以代替他……』

他是天文生，不需要通靈能力。剛開始或許有些不方便，不過，至今以來他從沒遇過特別需要通靈能力的狀況，所以應該不會造成太大的問題。

祖父晴明連替人交換壽命這種事都做得到，所以轉移『靈視力』對他來說應該是輕而易舉的事。

應該是，但是昌親知道晴明絕對不會這麼做。儘管他跟晴明之間的距離不像昌浩那麼近，但畢竟也是晴明的孫子，所以很清楚祖父的個性。父親吉昌一定也不會贊成。

自從收到哥哥的信後，昌親就陷入了沒有結果的苦思中。

『你這麼煩惱，在煩什麼？』

聽到疑惑的詢問聲，昌親猛地抬起頭來。

『父……哦，不，博士。』

他回過神來，發現自己差點從天文部前走過去了。吉昌正打開書庫的門，手上拿著幾本書，偏頭看著兒子。

『我在想一些事……』

『一看就知道啦！我是在問你為什麼看起來那麼心煩？』

『我看起來有心煩嗎？』

昌親訝異地問。吉昌輕輕嘆了口氣。這個次子昌親，在很多方面都缺乏自覺，不是

裝傻，是真的沒有自覺。

『也許你自己不覺得，但我看起來是那樣。說吧！你在煩什麼？』

『沒什麼，純粹是私事，所以……』

怎麼這麼說呢？我們是父子啊！吉昌不禁這麼想。但是，昌親是個呆板不知變通的人，吉昌只好改變話題。如果是成親，一定會拋下工作，開始沒完沒了地說起來。他們兩兄弟的年紀差不了多少，性格卻完全不一樣。

『剛才天文生秦有康說：「昌親大人說有事要稟報博士。」所以我正在找你。』

在找他期間，順便進了書庫尋找工作上需要的書。

『啊！沒錯，昨天我在值夜班時觀察天體，看到星象出現了不祥的徵兆。』

『什麼？』吉昌露出嚴肅的表情。『星象圖亂了嗎？怎麼個亂法？』

昌親正要開始說明，卻又沉思了起來。『……您親自看星象圖可能會比較容易了解，而且看情況，可能必須委託藏人所陰陽師做占卜。』

藏人所陰陽師就是安倍晴明，既是當代最頂尖的大陰陽師，也是他們家族的最高首長。

『昌親，到底是……』

『直截了當地說，就是星星蒙上了不祥的陰影。』

而且是圍繞北極星的其中一顆星。

北極星代表天帝以及地上的帝王，圍繞帝王的星星代表皇后和孩子們。

『憑我的分析，還無法判斷出是哪一位，所以要麻煩博士和藏所人陰陽師。』

昌親很清楚自己的實力，無法應付的事，他都會果斷地交給可以勝任的人，不會太過自信，這是他的長處。

聽到『北極星』三個字，吉昌大驚失色。既然跟帝王有關，就是國家大事。

吉昌無言地點點頭，叫昌親跟著他走。

幾天後，預定在四月入宮的藤壺中宮，突然臨時取消了行程。

小怪的陰陽講座

①《少年陰陽師》裡提到的月份都是指農曆。

2

兩人之間有距離感。

隨著春天結束，吹過海灣水面的風也變得清朗了。

『再見，大哥哥。』

昌浩目送揮手離去的昭吉和彌助，直到他們的身影消失不見。

『我們也回去吧！』

『嗯，明天或後天就要回京了吧？你有跟那兩個孩子說嗎？』

飄浮在肩膀附近的太陰貼近昌浩的臉問。昌浩點點頭說：『有，昨天說了，他們很捨不得我走，可是我說家人在等我回去，他們說那就沒辦法了。』

說完，昌浩轉身叫喚在遠處縮成一團的小怪。

『小怪，回去啦！』

小怪動動耳朵，慢慢地挺起白色身軀，眨了一下眼睛說：『哦……』

身軀像小狗或大貓，全身覆蓋著純白色的毛。長長的耳朵往後飄揚，毛茸茸的尾巴也很長，靈活地甩動著。脖子圍繞著一圈勾玉般的紅色凸起，額頭上有花一樣的紅色圖騰。大而圓的雙眸，是夕陽燃燒的顏色。

小怪輕盈地蹬蹬蹬走到昌浩身旁，看著孩子們離去的方向說：

『地方上都恢復原狀了？』

『嗯，哥哥也這麼說……咦，太陰？』

昌浩發現剛剛還在附近的太陰，上升到一丈高的地方看著自己。

『怎麼突然……』

『啊，嗯，呃……我想我先回去了，勾陣在等我們，還有玄武和六合。反、反正現在也沒有妖怪了，就算沒有我陪著也沒關係吧？而且，呃……有騰蛇在。』

『咦？嗯，我知道了。』

昌浩對說得支支吾吾的太陰點點頭。太陰鬆口氣，轉身乘風離去。

看著他們之間的對話，小怪縮起肩膀，輕輕嘆了口氣。

太陰還是一樣，沒有其他神將在，就不願意跟自己在一起。

『唉！這也是沒辦法的事。』

小怪喃喃怨嘆，昌浩訝異地低頭看著它。

『咦，你說什麼？』

『沒、沒什麼。』小怪搖搖頭、甩甩尾巴，抬頭看著昌浩，神情顯得有些困擾。

『反正有我在，不管發生什麼事都不用擔心，對吧？』

『嗯。』昌浩眨眨眼睛，笑了起來。『說得也是，沒錯，有小怪在，不會有事。』

笑盈盈的眼睛深處，流露著絕對的信賴。

小怪彷彿覺得刺眼似的瞇起眼睛，晃動耳朵。無法形容的情感扎刺著胸口，最貼近的說法應該是『鬱悶』吧！

清澈的眼睛、完全信賴的眼神、天真爛漫的笑容，都令它心痛。

為什麼失去了那麼重要的東西，你還能展露這樣的笑容呢？

『哥哥還在寫報告書，所以加上準備的時間，可能後天才能出發。對了，買什麼禮物比較好呢？』

『可以耐久、不佔空間的東西。如果乘太陰的風回去，就可以不用考慮這些了。』

小怪嗖嗖甩著尾巴走在昌浩身旁，深思熟慮之後說：『可是平常要花上一個月的路程，半天就到達的話，會讓人產生懷疑。』

『就是啊！來的時候是搭乘太陰的風流，被整得好慘，暈頭轉向的。』

『是嗎？』

昌浩心頭一震，屏住氣息，然後又從容地接著說：

『……聽說同樣是風將，白虎的風就平穩多了，是怎麼樣的感覺呢？』
他低頭看著白色身軀，等待回答。小怪思考了一下說：
『這個嘛……太陰是狂風，白虎是薰風。』
『差在哪裡？』
小怪皺起眉頭，斜眼看著昌浩，第一次展露笑容。
『這種常識，你自己去查。』
昌浩聳起肩膀搖頭嘆息，突然抬頭望著天空。
比黑夜更烏黑、亮麗的長髮掠過腦海。
那一晚，他承諾過會回去，卻到現在都還沒有實現諾言，一定很傷她的心，他多麼想趕快回去撫平那顆心——

我會回去——
在夢中聽到的話，感覺已經很遙遠了。

春天結束了。
彰子注視著燈台裡的燈火，輕輕嘆了口氣。

她知道昌浩絕不可能在春天回來，所以並不是那麼失望。

只是當那張帶著傷痛的臉偶爾閃過腦海時，難以形容的鬱悶就會充滿著胸口。

入睡前，她都會唸誦學來的咒語，但是再也不曾在夢中與昌浩相見了。

現在，他是不是還滿臉的無奈呢？

現在，他是不是還滿懷又冷、又重的疼痛，咬住牙關忍耐著呢？

光這麼想，就不禁埋怨自己什麼也不能做，深切感覺到自己的無力。

『……』彰子重重嘆口氣，停下縫衣服的手。

原本堆積如山的衣服，現在只剩下幾件了。她是瞞著露樹縫補的，所以速度不是很快。

時間緩緩流逝。

白天變長，三月結束了，邁入四月，已經夏天了。

出雲很遠。剛開始她就聽說往返最快也要三個月。五月底能回來就不錯了，搞不好還會拖到六月。

彰子垂下沉鬱的眼睛。

最晚必須在六月趕回來，要不然螢火蟲的季節就結束了。聽說，有時候還會有幾隻非季節性的螢火蟲在飛舞，但那不是昌浩想給她看的景色。

彰子甩甩頭。

不，她並不是想看螢火蟲，那只是藉口。其實她只是希望昌浩可以早點回來，而且是平安、神采飛揚地回來。

還有，希望小怪會跟他一起回來。

看著搖曳不定的燈台火焰，彰子『呼——』地嘆了口氣。

『……你現在好不好呢……』

風將太陰會不時透過風傳來那邊的狀況，由同樣是神將的白虎讀取風的內容後，再向晴明報告。每次有風傳來，晴明就會來找彰子，告訴她昌浩他們的狀況。

最後一定會問：『彰子，有沒有什麼話要跟昌浩說？可以經由白虎的風傳送。』

每次聽到晴明瞇起佈滿皺紋的眼睛這麼說時，彰子都會絞盡腦汁拚命想，結果什麼也沒說，只是猛搖頭。

因為她很想叫他回來，叫他早點回來。見不到他很寂寞，有時還會覺得不安。光說『我在等你』，也消除不了她的寂寞。

『在這種心情下縫衣服，衣服也很可憐。』

彰子把針線收進針線盒，把衣服放進唐櫃②裡，心想明天再縫吧！

昌浩的房間有很多書籍和卷軸，有時間時她就會打開來看。

睡前還有一段時間，所以她拿起了夾著紙張放在矮桌上的書。把燈台移到矮桌旁，打開夾著紙張的地方。

昌浩的書，裡面幾乎都是漢字，就算不是漢字，也是平假名之外的奇怪文字。聽說是所謂的『梵文』，從天竺傳來的。

彰子翻開的是用梵文寫的書，以前昌浩跟她說過，這就是他經常在唸誦的真言。

『天竺是比在海的對岸國家更遠的地方吧……』

沒有地圖，她只能任憑想像，完全看不懂的文字很像圖案。

《妳真用功呢！》

溫柔的聲音直接在耳朵深處響起。

彰子停下翻書的手，東張西望，一個身影在身旁顯現。如絲線般輕柔地披瀉下來的長髮，在燈台照耀下金光閃閃。穿著仙女般的衣服，端莊柔和的漂亮臉蛋帶著笑容。

『天一。』

聽到彰子叫她的名字，神將天一笑得更燦爛了。

『好久不見，妳一直沒現身，所以我很擔心妳不知道怎麼樣了。』

自從二月昌浩帶著瀕死的重傷回來後，天一就沒有在安倍家出現過，當然也不見朱雀的身影。

玄武和太陰現在正跟著昌浩待在出雲，這些與彰子比較熟稔的神將不在，讓她覺得更寂寞。

天一瞇起眼睛，偏著頭問：『其他神將……像天后、太裳都沒現身嗎？我們不在的時候，他們應該會守在晴明身旁……』

『我沒看見……會不會是在晴明大人身旁隱形了？如果是這樣我就不會發現。』

只要神將刻意隱形，彰子也看不到他們。必須集中精神尋找他們的氣息，才能感覺到他們的存在。

彰子還不是很熟悉所有神將，當然都知道名字，但還有一半的神將沒見過面。

『這樣啊……總有一天會見到吧！』

既然是半永久地住在安倍家，遲早一定會見到。

彰子點點頭，眨了眨眼睛。

『對了，天一，妳看得懂梵文嗎？』

天一搖搖頭說：『不懂……對不起。』

看到天一垂下了頭，彰子慌忙說：

『沒關係，我只是問問而已，等昌浩回來再叫他教我。』

『可是他不知道什麼時候才會回來……何不去問晴明呢？』

彰子微微張大眼睛，看著淡淡一笑的天一，不知道該說什麼。

天一用詢問的眼神看著突然沉默下來的彰子。

『彰子小姐？妳怎麼了？是不是我說了什麼不該說的話？』

彰子沉默地搖搖頭，張大的眼睛閃著淚光，恐怕眨一下就會掉下淚來，她雙手掩住嘴巴強忍著。

昌浩不在，又沒幾個神將在，小怪也一直都不在，原本就寬敞的安倍家顯得更寬敞了，有點空盪盪的感覺。

在東三条府，家人都各自住在對屋裡，雖然有些日子只會見到陪伴的侍女們，她卻從來不覺得寂寞。但是這裡不一樣，身旁隨時都有人在，可以切身感受到他們的體溫。

每天，她都是目送昌浩和吉昌出門工作，經由協助露樹慢慢學習許多事情，偶爾聽晴明說話，打發時間。昌浩退出宮回家時，她就出去迎接，偶爾也會默默目送半夜溜出去的昌浩。那些日子都變得好遙遠了。

『彰子小姐，妳寂寞嗎？』

天一突然這麼問，彰子先是搖了搖頭，後來又輕輕點了點頭，淚水滑落下來。

『好寂寞……』

寂寞到好想在夢裡見到昌浩，即使只看一眼也好。

燈台發出嘰嘰燃燒的微弱聲響。

彰子用衣袖擦拭眼角，害羞地笑了起來。

『對不起，嚇到妳了……』

天一默默微笑著，給人的感覺是那麼柔和、溫暖，所以讓彰子卸下了心防。

她沒有抽走夾在書裡的紙張，直接合上書站起來。

『該休息了，太晚睡的話，晴明他們會擔心。』

她對默默抬頭看著她的天一這麼說，打開了通往外廊的門。

現在應該是陰天，所以黑夜顯得混沌沉重。她仰望沒有星星、月亮的天空，正要關上門時，聽到有些吊兒郎當的輕快叫喚聲：

『小姐、小姐！』

『這邊、這邊。』

『這裡啊、這裡！』

她環視周遭，看到很多小妖在安倍家的圍牆外蹦蹦跳著。

小妖們與驚訝得說不出話來的彰子對看，其中一隻又笑又跳地向她招著手。

『我說……喂……』

那隻小妖往下掉，很快又跳了起來。

『放我們進去吧！妳知道這裡……』

它話還沒說完又掉下去了，換其他小妖跳上來說：

『這裡有晴明的結界，所以……』

『沒有得到允許不能進來。』

『對啊！』

『對啊！』

小妖們蹦蹦跳著，一般人看不見它們，也聽不見它們的聲音，即使有人經過也沒什麼關係。但是，對彰子來說是個大問題，是不是該答應讓它們進來呢？

『我、我要問晴明……』

『不必問晴明吧？它們要是敢亂來，我就當場燒死它們。』

突然從背後傳來這樣的話，彰子屏息抬頭看。

高出她兩個頭的地方出現朱雀倒吊著的臉，直直盯著小妖的淡金色眼睛眨了一下。

『有我跟天貴在還好，不過天貴不需要做什麼。啊！妳不必站起來，坐著就好。』

後半部是對還坐在昌浩房裡的天一說的話。正要站起來的天一，微微一笑點點頭又坐下來。朱雀看著她坐定後，轉向彰子說：

『妳可以讓它們進來，我沒有那樣的權限，但是妳有。』

『怎麼說？』

因為十二神將是式神，所以必須取得晴明的許可嗎？可是佈設結界的人是安倍晴明，彰子心想，自己也應該先問過晴明吧？

朱雀環抱雙臂說：『這座宅院是鎮守京城鬼門③的要塞，以後將由昌浩繼承，結界當然也是由他繼承，所以妳可以做決定。』

彰子不懂為什麼會有這樣的結論，既然是由昌浩繼承，那麼應該是晴明或昌浩才能做決定吧？

『吉昌叔叔不行嗎？』

『他們兩人都不在時就由吉昌作主。不過現在有我們在，所以小姐決定就行了。』

彰子百思不解，困惑地看著天一。天一只是微笑，大概是表示跟朱雀意見相同吧！

在圍牆外聽著他們對話的小妖們，交頭接耳地說：

『哦，十二神將都接納她了。』

『當然啦，她是未來的妻子嘛！』

『家務事是由妻子掌管。』

『以前若菜很怕我們，都不讓我們進去。』

『她就沒這種問題了。』

『最重要的是她看得見我們。』

『而且不討厭我們。』

『一定會常常讓我們進去，還請我們吃點心之類的。』

說成這樣就是做白日夢了，但是小妖們每次都說得很認真。

彰子思考了一會兒，看看朱雀再看看天一，終於點頭說：

「不能全部進來，只有你們兩個可以進來。」

被指名的是圓形的獨角鬼，和長了三隻角、披著長髮、外型像猿猴的猿鬼。

『哇——』高興得跳起來的兩隻小妖立刻跳進了圍牆內，敏捷地跑向彰子。嘿喲一聲爬上外廊，在彰子身旁一屁股坐下來，然後同時拍了拍地板，意思是要彰子也坐下。

彰子順它們之意坐下來，天一立刻把摺好放在房間角落的外衣拿過來，為她披上。

『不要感冒了。』

『謝謝。』

『不客氣。』

朱雀和天一坐在離彰子一尺左右的地方，朱雀盤坐的大腿上不知何時多了一把大刀，與他的身高差不多長。他的右手擺在刀柄上，給了小妖們『敢亂來就殺無赦』的無言壓力。

猿鬼和獨角鬼偷偷瞄著朱雀，渾身不自在地縮起了身子。沒打什麼歪主意就不用怕，可是，這麼露骨的恐嚇還是讓它們很不舒服。

『有什麼事嗎？』

彰子疑惑地問，猿鬼回說：

『對了，小姐，妳不是有個姊姊還是妹妹，住在土御門的大宅院嗎？』

『是……是啊。』

這是不能告訴任何人的機密，所以彰子一時答不出來。

連宮裡都沒人知道，小妖們是怎麼知道的呢？

可能是她的眼神流露出疑惑，獨角鬼舉起短短的手，挺起胸膛說：

『我們當然知道啦，小姐，因為妳人在這裡啊！』

『宮裡和土御門府裡都有我們的同伴在，應該有通靈能力的藤原小姐沒發現我們的存在，倒是住在晴明家的同年紀的小姐有厲害的通靈能力，不管是誰只要稍微想一下就知道是怎麼回事啦！』

『全京城的小妖們都知道藤原家的大小姐有通靈能力。』

『原來如此，這是個盲點。』

這麼喃喃自語的是坐在背後的朱雀，天一對外表精悍的戀人點點頭，視線落在他那把大刀上。朱雀的大刀會變成弒殺神將的『火焰之刃』。在自己昏迷期間發生的事，天后統統告訴她了。

朱雀也循著天一的視線，低頭看著自己的大刀。『火焰之刃』完成任務回到他手上，是在三月之前。大刀回來沒多久後，天一就從死亡的邊緣活過來了，所以他記得特別清楚。

透過自己的大刀，他清楚看到了所有的事。昌浩的覺悟、騰蛇的死亡，都清晰地刻劃在他的腦海裡。當大刀回到他手上時，應該附身在大刀裡的軻遇突智的火焰已經連殘渣都不剩了。是完成任務，就回到應該回去的地方了？還是……

朱雀托著下顎陷入沉思，天一深邃的眼睛含情脈脈地看著他。

『只有人類不知道。』

『說到妳這個姊妹，真是體弱多病呢！』

『咦？』

彰子大感意外，倒抽了一口氣。朱雀和天一似乎知道這件事，沒有驚訝的反應。

『本來不是預定在四月搬進一条那間暫代寢宮的寢宮嗎？』

『喂，說臨時寢宮或一条院就行了。』

被朱雀指正，猿鬼搖頭晃腦地敷衍過去。

『那位替身小姐應該要準備入宮了，卻老躺在床上，很少起來。』
『我們是聽住在土御門的同伴說的。』
『她畢竟是妳的姊妹吧？我們是一番好意才來通知妳。』
『沒錯，我們這麼好心，應該給我們什麼點心吃吧？』
『新年的糯米餅真好吃。』
『太好吃了。』
最後這句話是在圍牆外又蹦又跳的小妖們的齊聲大合唱，聲音響徹雲霄，幸虧一般人還是聽不見。
朱雀在目瞪口呆的彰子背後輕輕挑動眉毛，旁邊的天一也移動了視線。
啪噠啪噠的赤腳走路聲正往這裡來，沒多久，只在單衣上披了件外衣的老人帶著苦笑出現了。
『難怪我聽到嘈雜的聲音，原來是你們啊！』
見到宅院的主人，小妖們也不怕，滿不在乎地笑著。
『哦！晴明。』
『你一點都沒變呢！』
『偶爾也來找我們玩嘛！我們遲早會成為一家人，先增進友誼絕對不會錯啦！』

小妖們愈說愈不像話，晴明只是嘆口氣，坐在彰子身旁。

『彰子，妳的臉色不太好，是不是它們對妳說了什麼？』

被晴明一瞪，獨角鬼和猿鬼都趕快撇開視線看其他地方。朱雀和天一感覺到晴明質疑的視線，沉默了好一會。

『它們閒著沒事做，來告訴小姐說藤壺中宮臥病在床，預定的入宮時間改期了。』

朱雀謹慎地回答，晴明點頭表示理解。『這樣啊！原來如此。』

天文博士吉昌把天文生昌親的觀星結果呈報給了陰陽寮長。三月中旬，晴明就接到了寮長的委託，請他重新占卜入宮的日期。

當時正是春天，庭院裡的梅花綻放，芳香隨風飄來，中午的陽光和煦，若不是有使者來訪，晴明正打算靠著矮桌或憑几，悠哉地打個盹睡午覺。

現在梅花已經謝了，勉強攀在枝頭上的最後一片花瓣也快凋落了。

整整過了一個月，晴明都快忘了這件事。別看他悠哉悠哉的樣子，其實他這個在家工作的陰陽師也很忙，要做的事堆積如山，所以完全沒有餘力去想已經結束的事。

一直默不作聲的彰子，用百般無奈的眼神看著晴明。

『晴明大人……』

『嗯？』

晴明像個好爺爺般瞇起了眼睛，彰子接著說：
『藤壺中宮的病……是不是因為背負起我的命運，所以心痛病倒了？』
『……』
晴明被問得啞口無言，張大了眼睛。兩隻小妖和坐在後面的兩個神將，好像也都對彰子突如其來的說法感到錯愕。
彰子雙手緊扣在大腿上，白皙的手指更蒼白了，嘎噠嘎噠顫抖著。
『我……我本來應該入宮的。藤壺中宮……章子本來可以不必入宮，過著平靜祥和的生活。』
晴明保持沉默催彰子說下去，因為他認為讓彰子全部說出來會比較好。
『會不會是因為我扭曲了與生俱來的命運，所以……所有報應都落在代替我的章子身上？就像付出了代價？』
因為自己得到了幸福，所以犧牲了某個人。那個人她並不認識，就是她素未謀面的同年齡的同父異母姊妹。
以前小怪說過，如果沒什麼意外，章子應該會在沒有靠山的狀態下，跟僅有的家僕孤獨地度過一生。她寧可相信父親不會讓章子過那種日子，但是，應該也不會像照顧正室的孩子那麼花費心力。

小怪說章子可以入宮是很幸運的事。可是，真的是這樣嗎？

『我常想，被扭曲的命運，是不是會在哪裡被補正呢？如果是在我的壽命上就無所謂，如果不是……』

『彰子。』

她的話被出奇強硬的語氣打斷了，彰子訝異地抬頭看著晴明。

老人已經八十多歲了，目光卻還跟年輕人一樣銳利、有神。他嚴肅地對被他的氣勢壓倒而沉默下來的彰子說：『就算是開玩笑也不能說那種話，要不然，我孫子拚命救妳所耗費的心血就全都白費了。』

『啊……』

昌浩的笑容在她眼前浮現又消失。隔著竹簾面對面的日子，彷彿已經很遙遠了。

她知道這條命已經不只是自己的。

『可是……可是……』

彰子再也說不下去了，雙手掩面。

成為自己的替身、沒有見過面的姊妹章子，會不會恨自己呢？

她察覺眼角發熱，咬緊牙關強忍住淚水，告訴自己不可以哭，那是逃避的行為。

『妳冷靜聽我說，章子的病不是因為妳的關係，而且，原本屬於妳的命運已經不存在了。』
『那是……什麼意思？』
『因為星星有了異動，以前呈現的星象徹底改變了，也就是說以前的星座完全改變了樣貌。靠我們的占卜，已經無法斷定章子和妳的未來會怎麼樣。』
彰子不可能入宮的神諭，是晴明自己宣佈的。
發現有顆星幾乎與彰子的命運重疊，主張應讓那顆星的主人代替彰子的也是晴明。
藤原道長的女兒非進入皇帝的後宮不可，這樣的事實沒有改變。但是，那個女兒不能是彰子，要入宮的是帶著跟她重疊的星星誕生的女孩。
在道長說出章子的名字之前，晴明當然不知道那個女孩是誰，他只是透過占卜觀察了星象。
『章子的命運逐漸成為星座的主軸，妳的星星已經不在北極星旁，妳的命運再也跟章子無關了。』
晴明像叮嚀她般一個字一個字說得很清楚，沉穩地對著她笑。
『這樣會不會有點失落感？』
彰子就只是彰子了。
默然看著晴明的彰子，再次確認說：『我現在背負的是自己的命運？……』

『是的。』

『今後我將隱藏藤原這個姓，與那個家族毫無瓜葛地活下去？』

『是的。』

彰子放鬆了緊繃的神經。

讓同父異母的姊妹代替她入宮，成了她一輩子的愧疚。她一直以為，降臨在章子身上的一切原本都是自己該承受的。

『那麼……』

『是的，章子的未來是她自己的命運，並不是妳原本要走的路，所以妳不必露出這樣的表情。』

章子會生病，絕不是因為代替了彰子。

去年冬天，彰子要入主藤壺的前一天晚上，晴明才見到了章子。她們兩人就像一個模子印出來的，連從小看著彰子長大的晴明都分辨不出來。

成長環境不一樣，會造就不同的性格和想法。章子比彰子更文靜，不會堅持自己的意見。但是，她並不是隨波逐流或委屈求全，而是在自己能夠接受的範圍內，聽從他人的指示。

彰子不知道章子，但是，章子知道彰子。這是理所當然的事，因為彰子是正室的女兒，也是出生後就被當成未來的皇后撫養長大的千金小姐。

直到現在，晴明都還清楚記得，那個少女接到父親要她入宮的命令時，那雙如湖水般平靜、清澈的眼睛。她彷彿早已知道自己這樣的命運，默默地承受了。

眼前這個少女有張跟章子相同的臉，但是看起來更堅強，充滿了活力。莫非，章子是為了預防彰子發生什麼事，冥冥中安排好的生命？如果什麼事都沒發生，她就會平靜地過完一生。很可能是昌浩的誕生，改變了那樣的星象。

昌浩擁有撼動神明、變更星象的天賦，是唯一繼承晴明力量的孩子。

亢奮的心情平靜下來後，彰子吐著氣低下了頭。她覺得輕鬆多了，但是又覺得那是自己體內想逃避愧疚感的部分，在替自己找藉口。

很清楚彰子在想什麼的晴明，為了讓彰子安心，笑笑說：『不要想太多，剛才左大臣已經命令我為藤壺中宮祈求病癒，我會傾注全力祈禱中宮趕快康復。』

『是嗎？……那麼她應該不會有事，很快就會好了……』

安倍晴明的咒力有多高強，彰子比誰都清楚，因為那個力量救過她很多次。

『是啊！』

晴明肯定地點點頭，對天一使了個眼色。天一會意，悄悄站起來，催促彰子說：

『太晚睡對身體不好，快去睡覺吧！』

彰子乖乖地點點頭站起來，猶豫著該怎麼處理披在肩上的外衣，後來怕滑落，乾脆將手穿過袖子，就那樣穿走了。

『那麼，晚安了，還有你們。』

她向晴明行禮後，也向小妖們道了晚安。

『哦！快去睡、快去睡，睡到飽。』

『安息吧！』

『不要說那種不吉利的話！』

晴明從猿鬼頭上啪唏打下去，以眼神回應彰子。彰子收到他的眼神，便回房去了。

等彰子的氣息完全被風吹散，晴明才感嘆地垂下肩來。

藤壺的入宮延期，當然不是因為彰子。章子的臥病在床，也不是延期的實際原因。

猿鬼和獨角鬼互看一下，點頭致意說：

『那麼，晴明，我們也要走了。』

『改天再來。』

『到時請吃個什麼點心吧！』

小妖們愈說愈沒分寸，神將朱雀狠狠瞪著它們。

『哇！好可怕。』

『你的神將每個都很可怕。』

『最可怕的有四個，不過其他的也很可怕。』

兩隻小妖逗趣地縮起肩膀緊靠在一起，看得晴明只能苦笑、嘆息。

『你們是不是想說，那幾個最可怕的都不在，所以很自在？』

『哈哈哈，也是啦！對了，孫子什麼時候回來？』

這時候，不只眼前兩隻，連圍牆外那幾隻小妖全都豎起了耳朵等晴明回答。

那個孫子就是有這種特異的性格，連小妖們都喜歡他。

它們都不知道昌浩發生了什麼事，個個眼睛發亮等著晴明回答，希望昌浩可以早點回來，想等他回來後再好好捉弄他。

『呃……快了。』

『這樣啊！很好很好，我要趕快告訴大家。』

猿鬼和獨角鬼猛地站起來，轉個身，一跳就跳出了牆外。

等在牆外的小妖們的氣息，靜悄悄地遠去了。

『你孫子的性格好像很容易吸引怪東西。』

朱雀滿臉佩服的樣子，晴明想回應他，又不知道該怎麼說，只點了點頭，轉而遙望遼闊的夜空，頓時愁容滿面。

『圍繞北極星的星星蒙上了陰影……』

有個黑影正悄悄接近中宮章子，不是衝著藤原道長，而是衝著中宮本人而來。他必須揭露那個黑影的真正身分，保護章子。章子在後宮的地位還不穩固，如果發生什麼事會影響到左大臣家。而且為了彰子，他更要保護章子。

他重重嘆口氣，蹙起了眉頭。

左胸口掠過類似扎刺的疼痛。

『！……』

他用右手按住胸部，倒抽一口氣，搖晃了一下。

『晴明大人?!』

『晴明！』

兩個神將大叫，他揮揮左手制止他們，擦去額頭上的冷汗。

疼痛瞬間就過去了，他緩緩將憋住的氣吐出來。

朱雀和天一大驚失色，他對他們淡淡一笑，困擾地皺起眉頭說：

『哎呀……看來我是有點體力透支了……』

去年夏天以來，他經常使用離魂術讓魂魄脫離肉體。這種秘術會對年老的身體造成很大的負擔，除了他之外，沒有其他術士能夠使用。

『您已經上了年紀，不能再過度勞累了。您是我們的主人，要健康地活著……』

天一滿臉沉痛地說著，那樣的表情也讓朱雀心疼，他露出了譴責晴明的眼神。

晴明苦笑著說：『是啊……』

至少在那小子可以獨當一面之前，我絕不能死。

他在內心這麼喃喃說著，抬頭望向西邊的天空。

被他選為接班人的孫子、孫子的哥哥、白色怪物和其他十二神將，都在那個遙遠的地方。

『你們趕快回來啊……』

小怪的陰陽講座

②唐櫃是一種附蓋子，有四隻或六隻腳的正方形大箱子，用來放衣服、書籍、雜物等。

③『鬼門』是鬼出入之處，也是必須避忌的不祥方位，在陰陽道是指東北角方位。

3

出乎昌浩意料之外，啟程的日子又延後了好幾天。

早上昌浩正想打包準備回家時，哥哥成親心情沉重地告訴他：

『我的公文還沒寫完，恐怕要等到後天或大後天才能出發。』

『哦……』

昌浩想到這個哥哥向來不擅長做瑣碎的工作。

這麼一想，他就帶著小怪和太陰去外面走走。身體幾乎復元了，只是體力還不是很好。要讓身體慢慢適應，才有力氣走回家。

『成親應該寫得出來吧？』

太陰懷疑地問，昌浩繃著臉說：

『嗯……會吧，寫不出來就不能回去，他應該會努力寫。』

在他腳邊的小怪瞇起眼睛，縮起了肩膀。

風從南方吹來，水將玄武露出了陰沉的表情。

儘管外表像個十多歲的小孩，但既然是神將，就不能以外表來評斷。實際上，他已經活過了幾百年，不，可能更多，他年老的主人卻總是把他當成小孩子看待。這是主人的習慣，從他跟隨主人以來一直是這樣。

現在是四月中旬，進入了初夏，出雲國到處都是剛萌芽的新葉。

『都快一個月了，還沒有回音，會不會有問題呢？』

玄武眉頭深鎖，心情沉重地自言自語。他所在的宅院是統治這一帶的莊官野代的家，屋頂鋪著茅草，而不是京城貴族的大宅院所使用的檜木皮。

就在他不悅地沉默下來時，旁邊出現了一個修長的身影。那個身影高出他許多，披著隨風飄揚的深色長布條，褐色頭髮用金屬物紮成了一束。

『怎麼樣……要不要再發出通知？』

沒有抑揚頓挫的低沉聲音這麼問，玄武抬起頭，面向低頭看著自己的黃褐色眼睛。

『可能這樣比較好吧！晴明說千萬不能失禮，可是，實在太久了。』

『那麼……』

『靠太陰的風，我們無法保證會發生什麼事，還是靠我的波流或水鏡……』

玄武的話還沒說完，十二神將的木將六合就默默點了點頭。像是封住火焰般的紅色勾玉在他胸前搖晃著。

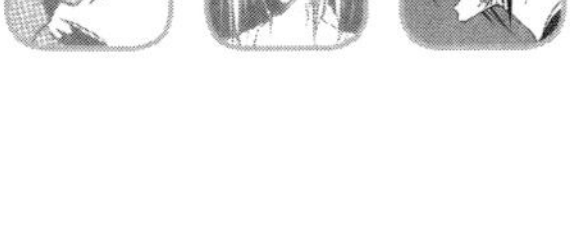

玄武不由得瞇起了眼睛，總覺得那個勾玉愈來愈紅了。

『是不是反映出了六合的感情呢？』

低聲的喃喃自語隨風而逝，沒有傳到六合耳裡。六合正凝視著東北群山，突然眨了眨眼睛。

『玄武，來了。』

『咦？』

玄武轉動黑曜石般的眼睛，從長滿新葉的樹木縫隙間看到一個普通人看不到的身影，是有五丈長的巨大蜥蜴。

『我是道反女巫的使者，請跟我來。』

玄武與六合嘆了一口氣。

他們是在一個月前接到晴明的命令，派式鬼先去通報道反。之後一直在等待回音，卻沒有任何消息。

『未免太怠慢了，我們可是晴明的代理人呢！』

這麼晚才來消息，蜥蜴卻絲毫沒有道歉的意思，玄武很不高興。六合摸摸他烏黑的頭髮，眨了眨眼睛。

『對方畢竟是神，晴明只是人類。我們在人的底下做事，不管遭受怎麼樣的待遇，都不該表現出我們的不滿。』

『我知道，可是……』玄武撇嘴低聲嘟囔著，『我就是無法忍受嘛！』

聽到玄武這麼說，六合只是眼皮顫動了一下，沒有說什麼。

你們以使者身分去見道反大神，把我的話傳達給她。

神將六合、玄武接到晴明這樣的命令，是在騰蛇恢復記憶不久後。

透過玄武編織而成的水鏡，他們直接聽到了詳細內容。跟玄武一樣是水將的天后當時也在晴明身旁，所以可以透過水鏡直接傳送聲音和影像，如果只有一方在就不能通話。

晴明的身影映在騰空的水面上，白虎已經向他報告過太陰的風傳來的消息，所以他沒有直接問騰蛇怎麼樣了。

只說了一句話。

——紅蓮回來了？

就只說了這麼一句話。

完全沒有問起中間過程，只確認了在昌浩身旁的不是『騰蛇』而是『紅蓮』這件事。對晴明來說，也許知道這個事實就夠了吧！

玄武和六合說回來了，他就點點頭結束了這個話題。

他的主題是有話要傳達給住在道反聖域的女巫。

他們不能讓蜥蜴進入人類的世界，於是請它在森林裡等著，兩人先去找成親。他們必須告訴成親，從現在起要跟他們分別行動。

成親正在野代家的一個房間，寫著要交給陰陽寮的報告書。

在這個地方發生的異常事件都順利解決後，為了慎重起見，成親還在山代鄉停留了一段時間。表面上說是為了觀察後續狀況，私下很可能是為了等昌浩完全復元。

野代重賴很歡迎降伏妖怪的兩位陰陽師留下來，熱情款待他們。

『他表現得那麼有誠意，八成是希望我向大臣報告時誇讚他幾句，一定是這樣。人嘛！難免都愛面子。』

看起來開朗豁達的成親感慨地喃喃說著，昌浩露出難以形容的複雜表情。與他年紀相差懸殊的哥哥對他抿嘴一笑，瞇起了眼睛。

『人活著就是這麼回事，太老實很難在這世上生存。就算他誠心誠意的背後有什麼不自覺的企圖，也不能怪他。』

他只是搭個順風車而已。

儘管大哥說得很灑脫，昌浩還是用複雜的眼神看著大哥。因為他雖然沒有幼稚到不能理解這種事，卻也還沒有成熟到可以接受這種事。

『到達狡猾的程度就有問題，但如果只是善於應對進退，那是再好不過的事了。』

玄武肯定地對還是滿臉不悅的昌浩這麼說，站在他旁邊的小怪完全沒開口。

回想起來，以小怪的外表出現的騰蛇，自從銀箍碎裂後就很少說話了。

玄武突然想起這件事，但是現在他有任務在身，應該等任務完成後再處理也不遲吧！

面向矮桌寫報告的成親察覺到背後的神氣，停下了手。

『什麼事？神將，要找昌浩的話，他去陪昭吉、彌助玩了。』

六合眨眨眼睛，欲言又止，最後還是保持了沉默，玄武替他說：

『成親啊，你不該說得好像我們只會找昌浩，都不會找你。』

那眼神顯然是在責怪成親。成親偏著頭，用筆桿搔搔太陽穴一帶，嘴巴抿成怪異的形狀。

『嗯……沒想到你們會這麼想，我沒有別的意思。』

結果又被狠狠瞪了一眼，成親煩惱地放下了筆。

『我是說真的啊……我爺爺對他特別不一樣，所以我的確跟昌親說過，十二神將應該也是那樣，但是……』

說到這裡，玄武和難得開口的六合都想插話，但是被成親揮手制止了。

『我們還沒蠢到不了解何謂天賦異稟，鐵塊再怎麼磨都不會磨成金子……那個騰蛇只承認昌浩是我爺爺的孫子，不就是因為這樣嗎？』

這下子玄武與六合完全沉默了，代表他們同意成親所說的話。六合原本就缺乏表情的臉更沒表情了，玄武的眼睛逐漸失去光采，成親慌忙傾身向前說：

『等等，千萬不要誤會哦！我們並不悲觀。老實說，我們根本不想扛起爺爺的接班人那種重擔。』

不過，如果昌浩說不想當陰陽師，他們兩個哥哥還是會盡全力幫他達成願望。現在是昌浩自己決定要當陰陽師，所以他們兩人毅然退出，只有在必要的時候協助他。

『總之，就是以上種種原因加起來的結果讓我說出了那樣的話。所以我還是要說昌浩出門去了，如果你們是要找我，就快說明來意吧！』

玄武有種繞了一大圈又回到原點的感覺，但是沒再說什麼，他知道六合一定也是一樣的感受。單就性格來看，他敢斷言成親毫無疑問是晴明的孫子。

玄武嘆口氣，改變了話題。

『我們接到晴明的命令，現在要去道反聖域。你們回去時有太陰和勾陣在，應該不用擔心。如果還是不放心，可以找其他神將來，只要跟晴明說，他就會立刻派人來。』

『不，應該不用，頂多只會遇到山賊或夜賊，神將太陰三兩下就可以把他們吹跑了。』

只要不會傷到人，那的確是最快的辦法。

『那麼我們走吧！六合。』

玄武催促六合，正要起身離去時，成親從背後叫住了他們兩人。

『對了，神將六合、玄武。』

『什麼事？』

又開始寫報告的成親，開朗地笑著對回過頭來的兩人說：

『你們也要小心一點。』

六合眨眨眼睛，點了一下頭。玄武眨了好幾下眼睛後，鄭重地回答：

『嗯，我們會小心。』

還有點陽光，風卻已經開始轉涼，坐在野代家屋頂的勾陣看到昌浩和小怪一起回來了。

『啊！回來了，雖然知道不會有事，但沒見到人還是會擔心吧？太陰。』

勾陣環抱雙臂，邊看著昌浩他們邊對太陰說。坐著的太陰顯得有些尷尬，嘴巴嘀嘀咕咕不知道唸些什麼。

她應該跟昌浩他們在一起的，卻每次都先跑回來。

『妳有話要說就說清楚。』

勾陣沒有生氣，只是語氣有些嚴厲，但這也不能怪她。她就是因為有變成小怪的紅蓮和太陰隨同，才沒陪昌浩出去。

太陰原本想替自己辯駁，後來還是放棄，沮喪地垂下了肩膀。

『對不起，我還是有點……』

『他變了很多吧？』

『沒以前那麼可怕了，可是……感覺跟失去記憶前的騰蛇不太一樣，很難接近，該怎麼說呢……』

拚命搜尋話語的太陰，皺起眉頭思考著，不一會兒張大眼睛說：

『對了，就是坐立不安的感覺！』

太陰看起來比未滿十四歲的昌浩還小，其實已經幾百、幾千歲了，儘管個性跟外表一致，這仍是不變的事實。

聽到太陰這麼說，勾陣瞇起了眼睛。可能是心裡也有數，她把手指按在嘴上就不再說話了。

『喂！妳們在做什麼？』

進入宅院內的昌浩，張大眼睛從下面抬頭看著屋頂。小怪也看了一下，但顧慮到太陰，很快就轉向其他地方了。

『在等你回來。』

勾陣平靜地回答，昌浩不好意思地搔搔頭說：

『真的？對不起，我走得太慢了。』

『不用介意。』

『嗯，那我就不介意了。』

昌浩大方地笑笑，跟腳邊的小怪一起進入屋內。太陰看著他們，終於發現哪裡不對勁，大叫一聲：『啊！……』

『怎麼了？』

『騰蛇都沒有跳到昌浩肩上！』

太陰驚訝地說，勾陣點了點頭。

『妳也發現了啊？那麼……』

昌浩應該也發現了吧？

『後天就要出發了，你還沒完全復元，要好好吃東西、好好睡覺。』

坐著的小怪舉起右前腳，嘮嘮叨叨地訓誡昌浩，昌浩敷衍地回應，苦笑起來。

『我知道啦！小怪，你太會操心了。』

『我才沒那麼會操心呢！』

小怪眉頭一皺，花的圖騰就變得有些扭曲，昌浩突然伸出手，抓抓它白色的頭。

『你從以前就很會操心啦！小怪。』

他很想叫它不要想那麼多、不要那麼耿耿於懷、不要那麼責怪自己，可是，他知道說了也傳達不了自己真正的心意，所以什麼也沒說。

想起了那些事，一定深深傷了紅蓮的心，恐怕會成為他一輩子也不會消失的痛吧！昌浩就是想避免這樣的事才施行了『忘卻法術』，現在卻又因為自私，不想再封住紅蓮的記憶。

紅蓮把昌浩已經遺忘的傷口的疼痛感，當成自己的痛，折磨著自己。

昌浩摸著已經沒有痛楚的腹部，嘆了一口氣。

他好想告訴紅蓮已經不痛了，不要露出那樣的表情。

『好了，早點睡吧！』

『知道啦！小怪，你也要早點睡，用你那雙小腳一步步走回家會很辛苦。啊！不過

你走累了可以坐在我的肩膀上休息，真羨慕你。』

小怪眨眨夕陽色的眼睛，甩甩白色的尾巴。

『我才不會動不動就想靠人，我會自己走。』

『晚安……』

昌浩鑽進大外衣裡，悄悄嘆了口氣。

除了恢復的記憶外，好像還缺少了什麼，到底是什麼呢？

如果可以知道缺少什麼，也許小怪就會像以前一樣坦然面對自己了。

小怪看著昌浩入睡後，輕輕嘆口氣，爬上了屋頂。

屋內除了昌浩外，成親也在。成親不太敢接近小怪的真正模樣騰蛇，所以小怪怕自己待在屋內會害成親不能好好休息。

當它爬上去時，屋頂上已經有人先到了。

『怎麼了？騰蛇。』

勾陣自在地盤坐在屋脊。

沒見到太陰，大概是察覺騰蛇要來，先躲到別的地方去了。

『我還是那麼惹人厭……』

小怪聳聳肩向前走，在勾陣旁邊坐下來，抬起後腳抓抓脖子一帶，有點疲憊似的瞇起了眼睛。

把手肘抵在膝上托著腮幫子的勾陣，用眼角餘光看著這樣的小怪。

『六合跟玄武呢？』小怪停下搔著脖子的後腳問。

勾陣把視線轉向東北方說：

『他們接到晴明的命令，以使者身分去了道反聖域。』

『是嗎？』

小怪沉默下來。

四月的風帶著寒意吹過小怪白色的毛，長長的耳朵沮喪似的下垂，凝聚胸口的感情在夕陽色的眼睛裡若隱若現。

時間優閒地流逝著。

小怪體內還存在著空白的時段。它只記得身體被弒殺神將的大刀刺穿之前的事，之後都像霧般朦朧，只有悲哀的眼神不時攪亂心湖的感覺，還殘留在記憶的某個角落。

經過漫長的沉默後，小怪才又開口說：

『昌浩「看不見」了……』

勾陣看著小怪背影的黑曜石雙眼微微波動著。

『是因為我的關係？』

『……』

勾陣默默伸出修長的手指，輕輕敲了敲小怪的頭。小怪沒有反抗，瞇起眼睛抬頭看著勾陣。

夕陽色眼睛看到的是，還留在勾陣清秀的額頭和臉頰上的裂傷。

勾陣看出小怪在看什麼，露出了淡淡的苦笑。

『你真不愧是十二神將中最強的一個，幸虧我是神將，要不然這些傷痕一輩子都不會消失。』

但是，連治癒能力遠超過人類的十二神將，傷口過了將近一個月也都還沒有痊癒。

小怪張開嘴，喉嚨裡好像塞著硬邦邦的東西。

『……對不起。』

短短一句道歉，聽起來格外沉重。

勾陣沒料到騰蛇會道歉，頓時瞠目結舌，過了一會才瞇起眼睛露出苦笑。

她真的沒想到騰蛇會改變這麼多。

『好老實，一點都不像你。』

小怪沒有反應，低頭往下看，尾巴啪噠一聲垂在地上。

勾陣看著它沉痛的背影說：

『沒辦法，我答應過你，無論如何都會阻止你……但是，我可不想再來第二次了。』

以前的騰蛇絕對不會道歉。它的表情會有如此大的變化，還會表達自己的感情，都是在昌浩誕生以後。

『真的……很對不起……』

小怪低著頭重複這句話，瞇起了眼睛。

繚繞不去的聲音訴說著……

訴說著痛楚。

因為找不到消除痛楚的方法而停滯不前。

後悔的意念在痛楚背後的更深處捲起漩渦。

為什麼又回來了？

我究竟能做什麼——

4

在安倍家其中一個房間的神將白虎收到來自太陰的風。

晴明正在寫字，背後響起白虎又粗又沉的聲音。

《晴明，太陰說玄武、六合去道反聖域了。》

『是嗎？……拖延了不少時間呢！』

《從發出通知後將近一個月了——》

隱形的白虎颼地迅速現身了。

『大概是道反聖域的守護妖動作特別慢吧！聽說發生那件事後，它們花了一個半月的時間才完成聖域的淨化工作。』

白虎比青龍、六合矮一點，但是肌肉結實，體格壯碩。晴明的房間狹窄，還堆滿了書籍、卷軸和唐櫃，白虎只好縮起身子閃避那些東西。但是他發現那麼做也沒什麼用，就轉移陣地去了外廊。

初夏的陽光照耀著，庭院裡百花綻放。

『我不知道六合他們什麼時候回來，不過，成親他們再一個月就回京了。也就是說

「……」白虎說到這裡，環抱雙臂思索起來。

「怎麼了？」

「沒什麼，前幾天透過水鏡通話時，玄武不是拜託過我嗎？說太陰那傢伙太粗暴，要我……」

晴明知道他要說什麼，停下寫字的手，偏過頭看著他，佈滿皺紋的臉上浮現苦笑。

「嗯，好像是有這麼回事。不過以緩和氣氛的角度來看，你不覺得玄武和太陰的舌戰也是好事嗎？」

「晴明，那不是重點，再不好好訓誡她，那個野丫頭會愈來愈沒分寸，到時候麻煩的是我。」

「呵呵呵，沒錯。」

晴明笑了起來，把筆擱在硯台上。

他正在寫祈禱時要讀的祭文。

藤原道長正式委託他替藤壺女御祈求病癒，幾天後他就要去土御門府。

藤壺中宮入宮的日期，最初預定是四月上旬，現在大幅延後到四月下旬。三月中旬跟陰陽寮長談過後，晴明就重新占卜，決定了現在的日期。

「我想在祈禱前先跟中宮見一次面，她多年來都過著孤寂的生活，心中難免有很多

苦惱。更何況，我跟她應該熟識。』

晴明說得很自然。

事實上，跟他熟識的人是『彰子』而不是『章子』，晴明只見過『章子』一次，連話都沒好好說過。但是，『章子』才是中宮，他不能顯得跟中宮不太熟的樣子。可能的話，最好先見過一次面。

『我一直在想……』

『嗯？』

晴明回過頭，用黯淡的灰色眼睛看著疑惑的白虎。

『讓她們兩人替換是不難，但是就算能瞞得過寢宮裡的侍女、皇族們，也瞞不過親人吧？』

正準備出門的晴明點點頭說：『總有一天要找機會把事實告訴倫子夫人，她是彰子的親生母親，兩人碰面時，她一定會察覺出哪裡不對。』

『像藤原道長那樣的人，不會沒考慮到這一點吧？』

『正確來說，是沒時間讓他考慮那麼多。當時彰子入宮的事已經確定，又不能讓大家知道彰子被詛咒玷污了身體。』

專心聽著晴明解釋的白虎，看到老人很快脫下狩衣，換上直衣，挑起了一邊眉毛問：『你要出門？』

『我不是說我要去土御門府嗎？』

『啊，對哦！』

原來是現在就要去了。

白虎露出『既然這樣就早說嘛』的表情。晴明看他一眼，邊調整烏紗帽的位置邊對他說：『我回來前，就拜託你守護這個家了。不要像上次那樣讓小妖們乘機溜進來。』

前幾天是經過彰子許可，但是不能讓這種事太常發生。

安倍家是鎮守京城鬼門的要塞，佈有強韌的結界淨化靈脈，以防止污穢不祥的東西靠近或闖入。

『可是誰保護你？』

白虎正要站起來，晴明抬起手制止他，望向沒有任何東西的空間。

霎時，一個扭動的身影像升騰的熱氣般，很快地顯現又消失了。

白虎看到後，又坐下來嘆了口氣說：『有他就行了……』

『對吧？』

晴明抿嘴一笑，轉身走出了房間。

跟隨著晴明的身影出現在白虎的視線角落，還是一樣板著臭臉，甩動著綁在頸後的

藍色粗硬頭髮。

《你應該先派人去通報，讓對方派人來接你。》

彷彿總是在生氣的暴躁聲音在晴明耳邊響起。

跨出門往前走的晴明，毫不在意地回答說：

『為了美容和健康，還是要儘可能靠自己的腳走路，更何況我們家也沒有牛車。』

以安倍家的收入，沒有餘力雇用照顧牛的牧童。不得不進宮時，宮裡都會安排牛車來接晴明。

《你都這麼老了還說那種話。》

『呵呵，奢侈是大敵、奢侈是大敵，我的新年新抱負是謹慎、低調地度過健健康康的每一天。』

《別開玩笑了，老人就該過老人的生活。》

青龍說得毫不留情，搞不清楚他是在關心晴明還是在調侃晴明，聽在第三者耳裡應該是後者吧！

晴明知道青龍那麼說當然是關心他，所以一點都不介意。

道反事件結束後回到京城的木將青龍，在緊要關頭時被同袍勾陣阻攔，讓他十分生氣。還因為太過激動，不得不窩在異界直到心情平復下來。
不會再有第二次了，如果再發生，我會親手殺了騰蛇。
那是烙印在青龍心裡的誓言，卻被身為主人的晴明制止了。老實說，晴明也覺得有點對不起他。
但是，晴明無論如何都不想讓他殺死同袍，希望他也能了解自己的心情。
『紅蓮五月中就會回來了。』
《——》
聽到紅蓮的名字，青龍釋放出來的神氣變得冰冷犀利，明顯的敵意絲毫沒有減少。
晴明還是接著說：『昌浩也是……他回來後，我是不是該嚴厲地訓他一頓呢？』
他讓我那麼擔心，還拜託我做那麼殘忍的事。
《晴明……》
『嗯？』
《你再說那種口是心非的話，我就懶得理你了。》
青龍的聲音聽起來總像在生氣，晴明瞪大眼睛，忍不住竊笑起來。
『真是的……一下就被你看穿了，傷腦筋、傷腦筋。』
晴明的表情看起來一點都不傷腦筋，眼中還洋溢著笑。

『我得鍛鍊一下身體了，最近過度勞累，覺得不加強基本體力不行。』

青龍沒有出聲反駁，晴明只感覺到他百般無奈的深深嘆息。

他的表情總是那麼嚴厲，說話粗暴、態度蠻橫，但是，晴明知道在十二神將中最關心自己身體的人就是青龍。

其他神將並不是不關心，只是青龍說得最精闢，而且全都被他說中了。

『他最近愈來愈囉唆了。』

晴明在嘴裡叨唸著，微微聳起了肩膀，他最怕的是青龍哪天突然不說話了。

現在還好、現在還好。

雖然他從年輕開始就帶領著十二神將，但是事實上，幾乎都是十二神將在照顧他。

晴明繼續往前走，青龍懊惱地咂著嘴默默跟在後面。他知道不管他怎麼囉唆，晴明只要決定怎麼做，就絕對不會聽任何人的意見。

乾脆什麼都不要說，隨便晴明怎麼做，可能比較不會有壓力。但是如果放手不管，晴明又很可能被捲入什麼事或自己引發麻煩，演變成大事件，甚至賠上性命。回想起來，當晴明的妻子若菜還在世、小孩也還沒出生時，就曾經在信州發生過這樣的事。

青龍實在想不通自己為什麼要跟隨這樣的人。

這個疑問不時湧上心頭，青龍煩躁地皺起眉頭，不由得看了看周遭。

他一直是隱形沒有現身，所以沒有人看得見他。晴明往前走了好幾步，發現他的氣息愈來愈遠才停下了腳步。

怕引起路人懷疑，晴明沒有回頭，小聲問他：『怎麼了？』

隔了好一會才有回答。

《沒什麼……可能是我多心了。》

『嗯？』

晴明微瞇起眼睛環視周遭，但是並沒有感覺到攪亂心緒的東西。

『太敏感了？……』

自從道反事件以來，大家好像對每件事都變得有點太過神經質，包括中宮延期入宮這件事在內。

『不要浪費時間了，快走吧！宵藍。』

保持警戒的青龍，在主人催促下聳聳肩，解除了防備。

有人正在某座宅院的屋頂上，盯著跟隱形的青龍一道走向土御門府的安倍晴明。

這個男人巧妙地隱藏了自己，盯著晴明，連神將都沒有發現他。

肌膚白得出奇，長得眉清目秀但眼角有點上揚，嘴唇是屍體臘化後的冰冷顏色。披

散著如烏鴉羽毛般漆黑的長髮，身體一動，長髮就會跟著搖擺起來。看著晴明的眼睛是鉛灰色。

沒多久，低沉含笑的聲音被悄悄捲入了風中。

『找到了……』

就是他。

前幾天在出雲見到的那個孩子的親人，體內的血比那個孩子還要濃。

『雖然還不夠濃，但是確實散發著狐狸的味道。』

那瘦削的身體正是異形力量被壓抑的人與妖怪的混合體，異形的血沉睡在人類血液的最深處。

含混不清的聲音從斜吊著的嘴巴溢出來。

『喂，晶霞，妳也聞到那股血味了吧？為了尋找血液濃度更濃的同族，我知道妳會跟我一樣，循著那股血味找到這裡來。』

要怎麼樣才能把妳逼出來呢？

老人正要前往的地方是座遼闊的大宅院。男人可以感覺到那座宅院裡潛藏著晦暗、渾濁的氣息，沁入了他的肌膚。他猙獰一笑，心想正好可以派上用場。

有趣、太有趣了，好不容易找到的線索是最好的誘餌。只要加以利用，一定可以逼出長年追逐的獵物。

『不能捨棄同族是妳的宿業……』

男人咯咯嗤笑起來，就在這時候傳來犀利的質問聲。

『男人……不，妖怪，你在那裡做什麼？』

妖怪被白刃般淩厲的眼光掃過，竟然傻到去尋找充滿敵意的聲音主人。

一個和尚站在沒有人往來的小巷子裡，身穿老舊的黑袈裟，手拿錫杖，頭戴斗笠。

『既然被我看到，我就不能放過你。』

斗笠下的雙眼閃爍著陰沉的光芒。

『不能放過我？那麼你要怎麼做？』

錫杖觸地，杖頭的小金屬環喳啦喳啦作響，形成奇妙的回聲不斷膨脹，向四周蔓延開來。

被小金屬環的聲音捆綁住的男人狡黠地笑了起來。

『啊——好舒服……你真有趣呢！和尚，你是不是憎恨住在那座宅院裡的人？』

男人指向和尚，瞇起往上斜吊的眼睛，和尚瞪大眼睛看著他，逐漸露出笑容。

『呵……你看得出來啊？妖怪。』

『當然看得出來……不過，那個老人會阻撓你。』

和尚不再笑了，眼睛充滿著憎恨。

男人嘲笑似的俯瞰著和尚，輕盈地從屋頂跳下來。

『喂，我助你一臂之力吧！我有事找那個老人。』

『什麼？……』

『你對那座宅院所施的法術，會被那個老人識破……』

閃過殘酷光芒的眼睛，好像追逐著安倍晴明的殘留影像。

『那個老人可不像一般人那麼好對付。』

男人笑著握住自己的一綹頭髮，順手扯了下來，像黑線般的髮絲在風中咻咻飄揚。

趁擺好架式的和尚不注意時，男人一個箭步向前，毫不費力地攔住急著後退的和尚，把一根頭髮捲在他的錫杖上。

杖頭的小金屬環喳鈴鳴響，迸出了法力。

和尚睜大眼睛，想扯掉捲在錫杖上的頭髮，卻感覺到頭髮裡的可怕妖力，屏住了呼吸。

『你……你想怎麼樣？』

陰沉的目光射穿了男人，但是，男人似乎很享受和尚釋放出來的淒厲眼神，也沒有與他較量的意思，只是把手放在頸子上，淡淡笑著。

『我說過我有事找那個老人，而且，這樣對你也有利吧？』
和尚看看男人——那個妖怪，再看看他手中扯下來的那綹黑色長髮。
那綹頭髮的確能增強自己的法力，協助他輕易除去安倍晴明那個眼中釘。
藤原家有安倍一族守護著，只要除去安倍晴明，摧毀安倍一族，就能把魔爪伸向藤原一族。
為了消滅藤原一族，他願意做任何事。
『……』
和尚瞇起眼睛，以年紀來說太過精悍的外貌，逐漸流露出冰冷的怨恨。凹陷的臉頰瘦削見骨，臉色並不好。
過了一會，他奸詐地笑著說：『好吧！』
就在抓住黑髮的瞬間，錫杖陰森地喳瑯喳瑯鳴響起來。

從安倍家往土御門大路直直向東走，就會看到聳立在富小路與東京極大路之間的大宅院，那就是藤壺中宮當成娘家暫住的土御門府。
藤壺中宮和陪伴她的侍女、家僕與雜役們住在土御門府。
道長的正室倫子住在東三条府，沒事不太可能來這裡。這個時代的貴族夫人或小姐原本就很少外出。

問題是，坐落在土御門府隔壁的鷹司府的所有權人是倫子，所以她偶爾會來這裡。來的時候，很可能順便拜訪土御門府，求見中宮獲准。必須在發生這種事之前，先作好準備工作。

來到大門前，一股寒意瞬間掠過他的背。

『怎麼回事……？』

之後就沒有感覺到什麼異樣了，難道是自己太多心了？

守衛打開莊嚴、氣派的大門，看到旁邊連隨從都沒有的枯瘦老人，露出懷疑的眼光，不讓他進門。

『沒有先通知就來，太沒禮貌了。你是什麼人？』

『是左大臣大人派我來的，還是得帶證明文件來才行嗎？』

晴明困擾地抓著頭嘟囔起來，在一旁隱形的青龍欲言又止，瞇起了眼睛。晴明假裝沒看到他那樣的視線，請求守衛通報管家。

『請告訴管家，陰陽師安倍晴明來了。』

雖然滿臉疑惑，還是有一個守衛應他要求進去通報。晴明目送他離去後，露出優閒的模樣，暗地裡仔細觀察周遭狀況。

沒有感覺到特別紛擾不安的氣息，難道圍繞著北極星的星星出現陰影，跟章子的病沒有直接關係嗎？

『奇怪了……可是……』

可是星星的確蒙上了陰影，發現這件事的人是晴明的孫子，也就是吉昌的兒子昌親。

在安倍一族中，昌親的觀察力算是相當敏銳的。雖然他在靈力方面遠不如弟弟昌浩，在素質方面也比成親稍微遜色，但是，他的頭腦和判斷力就足以彌補那些缺點。

天文博士吉昌也斷定這絕非小事，所以暫時取消了中宮入宮的行程。

突然，風輕輕動了一下，只有晴明感覺到了。

片刻後，身旁出現神將的氣息。

晴明微微皺起眉頭，小聲說：『天后，怎麼了？』

《我有不祥的預感，所以趕來了。》

《晴明有我陪著，妳有什麼事嗎？》

隱形的青龍冷冷地介入兩人之間，天后委屈地說：

《沒什麼事……如果妨礙到你，對不起。》

《不要動不動就道歉。》

『……』

他們兩人是在晴明背後交談，所以晴明看不到他們的表情，但是可以想像。

他揉揉太陽穴，自言自語似的說：『宵藍，你最好學學比較柔和的說話方式。』

視線稍微一瞥，他看到天后沮喪地垂著頭，青龍雙臂環抱胸前，板著臉半瞇起眼睛，那樣子就像青龍在欺負天后。如果勾陣在場，一定會狠狠地瞪青龍一眼。勾陣的年紀看起來跟天后差不多，所以兩人的感情比其他人都好。

青龍還是擺著一張臭臉，但是並沒有把天后趕走，所以應該不是真的在生氣。

『真是的……』

晴明正這麼嘆息時，大驚失色的管家上氣不接下氣地跑出來了。

『哎呀，晴明大人！只要您吩咐一聲，我就派人去接您啦！還勞煩您自己走來。喂！你們幾個，這位是左大臣大人最器重的大陰陽師安倍晴明大人啊！你們起碼聽過他的大名吧！』

年紀看起來跟吉昌差不多的管家責罵了守衛後，慌忙將晴明迎進屋內。

『不，管家大人，守衛們只是盡忠職守，不該怪他們。是我晴明不該沒帶隨從，一個人晃到這裡。』

《沒錯。》

《青龍！》

天后責怪說話毫不客氣的青龍。晴明正在管家的帶領下往屋內走，所以看不到兩人的表情，覺得很遺憾。

『中宮大人還躺在床上……四月下旬就要入宮了，希望能在那之前康復。雖然左大臣位高權重，但是後宮都是女人，很多事我們還是無法預測……晴明大人，聽說您偶爾會去寢宮，那裡是怎麼樣的地方呢？』

土御門府的管家是道長的部下，只是個小官，身分很低不能上清涼殿。對他來說，皇上居住的寢宮就像雲端的世界。

『那個地方啊……房子的結構跟左大臣大人的東三条府和這間土御門府差不多，只是更華麗，真實地呈現出住在那裡的人的性格。』

管家開心地點著頭說：

『這樣啊……既然是呈現出圍繞在皇上身旁的皇后、嬪妃們的性格，那種氣氛一定很美、很高尚吧？中宮大人不久後就是其中一人了，好期待那一天的到來。』

很美、很高尚的氣氛？

看起來的確是那樣。

在晴明背後隱形的青龍、天后沉默不語，從氣息可以感覺到他們正露出不以為然的表情。為了保護晴明，他們去過群魔亂舞的寢宮很多次。

『應該是吧……』

嗯，就當作是吧！有些事最好還是不要讓民間知道，對管家來說，懷著美麗的憧憬會比較幸福。

生病的藤壺中宮躺在寢殿東側的床上。

環繞寢殿的外廊和廂房以板窗隔開，用來阻擋雖已四月但還有點冷的風。如果連大白天都關著，寢殿內會光線昏暗、空氣混濁吧？這樣不是對身體更不好？

『這邊的板窗開著，所以請到這邊來……』

東側的確有一片板窗敞開著，垂掛的竹簾隨風搖曳，隱約可以看到裡面的床。現在是白天，所以三面的竹簾都捲起來了，以屏風取代竹簾圍住中宮。

從屏風縫隙只能看到收在髮箱內的漂亮長髮，烏黑有光澤。

晴明想起彰子的頭髮，瞇起了眼睛。彰子的頭髮也跟她的身高一樣長，烏黑光亮。但是，來安倍家後她就把頭髮剪短了一些，沒有本來那麼長了。

晴明看到時大吃一驚，問她怎麼了？

大貴族的千金笑笑說會妨礙做家事，所以請天一和玄武幫她剪短了。

『髮尾都剪齊了，應該不難看吧……』

她把整理好的頭髮抓到前面來，用手指梳理著確認齊不齊，眼神十分平靜。

如果沒發生任何事，這個少女將過著連頭髮都有侍女梳理的生活，如今她已經拋開了那樣的生活，開始學習新的生活方式。

而另一個少女……

晴明坐在外廊上，看著躺在竹簾對面的中宮。

這個代替彰子的少女承接彰子原來的命運，走向了看不見未來的路。可能是這條路還沒有完全成形，從晴明的占卜也看不到確定的影像。

『管家，很抱歉，可以請你暫時離開嗎？』

『咦？……呃，可是……』

『我要施法查看中宮的狀況，必須集中精神，有人在會分散我的注意力。』

『哦，是這樣啊……』

管家點點頭表示了解。雖是第一次見面，他也沒有任何理由懷疑大名鼎鼎的曠世大陰陽師安倍晴明說的話。

『有幾名侍女陪在中宮床邊，如果有事可以交代她們。』

『謝謝。』

管家去做自己的事了，晴明送走他後露出困擾的神色。

『侍女啊……』

那幾個都是道長三思再三思後所選出來的侍女，兼具知性與教養，她們當然以為章子就是彰子。

家僕不能直呼中宮的名字。中宮的地位比自己高，又是皇上的妃子，直呼她的名字很可能被冠上大不敬的罪名而貶職、流放，甚至被處死。

晴明可不想冒這樣的風險，他老老實實地正襟危坐，開口說：

『中宮大人，我是晴明。』

就像以前對待彰子那樣，他沉著地向中宮章子報上了名字。

在屏風後面的章子屏住氣息，隔了一會才發出微弱的聲音：『晴、晴明大人……』

晴明略微行禮致意，在他旁邊隱形的青龍和天后都瞪大了眼睛。

他們聽過這個聲音，不，是聽過另一個一模一樣的聲音。

《沒想到這麼像！……》

晴明感覺到青龍訝異得說不出話來，也聽到天后驚訝得喃喃自語，眉頭皺得更緊了。

『好久不見了。聽說妳病了，妳父親要我來替妳祈求病癒，所以……』

從屏風後面傳來微微的嘆息聲。

『我父親……還有其他人都好嗎？』

晴明很清楚她話中的真正涵義，瞇起了眼睛回說：

『是的，左大臣大人送來的花也很好……』

『是嗎？……』

語尾帶著深深的嘆息，光這樣的對話，就顯得很疲憊了。

『改天我會來替妳祈求病癒，有我晴明在，妳不需要擔心任何事，儘管放寬心。』

晴明感覺到她在屏風後面微微笑著。

突然，一個侍女跪行到竹簾旁，對他使了使眼色，意思是希望他不要再說下去了。

他知道不該久留，點點頭，行了個禮。

正要站起來時，耳邊傳來熟悉但不是同一個人的聲音。

『晴明大人……』

隔了一會，藤壺中宮才平靜地接著說：

『謝謝你為我做的一切……』

聽在其他人耳裡，可能只是很平常的謝詞。但是在晴明心中，那個聲音卻比什麼都沉重、都淒涼。

他把頭低得比剛才更沉，行完禮後從東側外廊離去。

走在通往大門的渡殿上，他疲憊地喘了口氣。
命運改變的彰子，與同樣也命運改變的章子。
對晴明來說，住在安倍家的彰子分量還是比較重。但是，保護章子也是他這輩子必須盡到的義務。
『只是不知道我這衰老的身體還能支撐多久……』
他感覺到背後有股帶著怒氣的嚴厲視線，苦笑起來。
不知道從何時開始，只要他說類似這樣的話，十二神將就會反應過度。
他將十二神將納入旗下已經是六十多年前的事了。
當時的青龍更難接近，幾乎不開口說話。跟那時候比起來，現在隨和多了。
——說真的，你為什麼老板著一張臉呢？萬一眉間的皺紋定型了怎麼辦？
在離魂術那個外表的年紀時，他曾經受不了地說過這種話。
青龍聽他這麼說，很不高興地瞪了他一眼後，沒說一句話就撇開了視線。
——你呀……
晴明眼睛半睜看著青龍，連聲嘆息後，淡淡笑了起來。
——那麼，十二神將的木將青龍，我現在給你一個名字。
晴明年輕時就很會操縱言靈。既然性情乖僻的十二神將也存在於森羅萬象的條理之中，那麼，言靈應該也有效果。

在十二神將中，青龍是第二個有言靈名字的人。

第一個有言靈名字的神將就快回來了，他一定是懷抱著種種感情、種種無奈的思緒，眼裡充滿了無助吧，我該跟他說什麼呢？

『……』

晴明突然站住了。

《晴明？》

青龍驚訝的叫聲穿越他的耳朵。

他覺得背後一陣寒意。

有人看著他。他不知道是誰，但是，的確有人看著他。

那眼神冰冷、晦暗，射穿了他的身體。

他感覺到那個人的嘴巴扭曲成在笑的形狀。

剎那間，有東西從身體深處爬上來。

『唔！……』

那東西貫穿心臟，流竄全身。在腦裡爆開的白色閃光遮蔽了視野，他不由得搖晃了一下。

《晴明?!》
驚慌的天后發出刺耳的驚叫聲。
他試著振作起來，但是身體撐不住，一腳跪了下去。
左胸口灼熱不已。
『晴明！』
青龍現身，大驚失色地叫了起來。
『不要吵……』
臉色蒼白的晴明這麼說，吸了一口氣，扎刺著肺部的疼痛更灼燒著胸口。
他覺得呼吸困難。
『晴明，你千萬要撐住啊！』
聽到天后慘叫般的聲音，晴明露出蒼白的笑容。
啊，我竟然讓她驚慌成這樣。
『天后……』
他還來不及說『我沒事』，整個人就倒在渡殿上了。
『晴明、晴明！』
『天后，妳走開！』

青龍推開抓住晴明的天后，把主人扛到肩上。這時他才驚覺，主人什麼時候變得這麼輕了？

他咂咂嘴，正要轉身離去時，耳邊傳來嚴肅的聲音。

《晴明如果突然消失，這裡的人會以為被異形或妖怪騙了，最好還是把他放在渡殿等人來。》

『……天空！……』

青龍緊咬嘴唇，怒氣沖沖地大叫。天后顫抖地看著他說：

『青龍，照他的話做吧！要不然……』

『啐！』

統御十二神將的天空很少離開異界。現在也不是隱形來到現場，而是直接從異界傳話過來。

他說得沒錯，晴明如果突然這樣消失，不知道會傳出怎麼樣的流言。

青龍氣呼呼地把晴明的身體放回冰冷的地板上，看著那張佈滿皺紋的臉，他們痛切感覺到晴明已經老了。

跟十二神將比起來，人的壽命超乎想像得短又無常。

他們幾乎忘了這件事。

不，不是忘了，是沒有刻意去想過。

『咦，晴明大人？晴明大人，您怎麼了？』

管家正好經過，看到躺在地上的晴明而驚慌地跑過來。幾個侍女和雜役聽到叫聲，也陸陸續續衝出來。

『青龍，把他交給這裡的人處理，我們跟在旁邊……』

他們只能跟在旁邊。

天后覺得很懊惱，如果有天一在，就可以減輕主人的痛苦。但是自己沒有那樣的能力，青龍也沒有。

號稱十二神將，卻是這麼無力的存在。

他們正看著管家們手忙腳亂地抬起晴明時，青龍突然轉移了視線。

他縱身躍起，衝向西邊的圍牆。

『青龍？』

天后慌忙追上青龍，看到他單腳跪在圍牆上觀察著四方。

『怎麼了？是不是有什麼……』

青龍小心翼翼地觀察周遭，低聲喃喃說著：『有個黑影……』

5

土御門府的家僕把昏倒的晴明直接送回了安倍家。

直到第二天傍晚，他才醒來。

張開眼睛，第一個映入眼簾的就是擔心地看著自己的妻子。

『……若……菜……』

目不轉睛地看著自己的若菜，眼光波動搖曳，鬆了口氣似的按著嘴唇，用顫抖的聲音說：『你不是說過不會讓我哭嗎？』

沒錯，他說過，而今他卻違背了誓言。

彷彿光線太強似的，他瞇起了眼睛，在遙遠的記憶中搜尋。

坐在一旁的少女看著半睡半醒的他，輕聲說：『晴明大人，您認得我嗎？……』

那個聲音把他拉回了現實。

他連眨了好幾下眼睛，才看清楚身旁的少女是誰。

呼地吁口氣後，他笑著點點頭說：『認得啊，彰子……』

聽到他這麼說，彰子才放心地大大吐了口氣。

他仔細環視周遭，才發現憂心忡忡的吉昌和神將們都並排在另一邊。

他的兒子瞇起憔悴的眼睛看著他。

『父親，您年紀大了，請不要再一個人外出了。』

『不要把我當老人看，我還很硬朗。』

《別開玩笑了，老人。》

這個冰冷得幾乎凍結的聲音，是來自靠著牆壁、雙臂環抱胸前、俯視著晴明的青龍。聽起來好像真的很生氣。

晴明對板著臉的青龍苦笑，試著用手肘撐起上半身，但是被彰子和吉昌制止了。

『不行，您還不能起來！』

『您會昏倒就是太勞累了啊！父親。』

兩人同聲阻止他，天后、天一、朱雀和白虎等神將也沉默地責備他，他只好再躺下來。這時候，他發現青龍的眼中幾乎帶著殺氣。

大概是擔心到發火了……應該是。

『對不起……好像是有點累過頭了，也給土御門府的管家添了麻煩。』

看到父親終於像個病人了，吉昌才鬆口氣點點頭說：

『嗯……我們可能也都太過依賴父親了。』

『就是啊，我已經不是陰陽寮的官員了，不要再把大事小事都推到我身上。』

『說起話來這麼流暢、有精神，可見已經沒什麼大礙了，等您休息一段時間後，還有很多事要拜託您呢！』

『你這算什麼兒子啊？竟然想使喚你年邁的親生父親，真是個沒血沒淚的傢伙。』

『不管怎麼說，我都是您這種父親的兒子。』

晴明和吉昌父子倆你來我往地抬槓，讓彰子看得呆住了。

晴明和昌浩之間的祖孫對決也很精采，但是父與子的對決更厲害。

在晴明醒過來之前，坐在旁邊的吉昌臉色蒼白到旁人都替他擔心。剛才是露樹在旁邊照顧，吉昌怕她照顧了一整晚會累，來跟她換班。

昨天土御門府派人來通知這件事後，吉昌立刻向陰陽寮長請假回來了。沒隔多久，他哥哥吉平聽說這件事，也趕回來了，所以彰子一直躲在昌浩房裡。幸虧晴明的房間離昌浩的房間最遠，吉平只是趕回來探望父親，沒進昌浩房間，過了半夜就先回家了。彰子等他離開後就跟露樹一起照顧晴明，一直沒離開過。

『你們就是這樣依賴我，所以一直無法培養新人，你不覺得嗎？天文博士。』

『既然史上罕見的優秀藏人所陰陽師還健在，要栽培的幼苗恐怕就會成長得很慢。』

裝得一本正經的吉昌，昨晚就遞出了今天的請假單。

幾乎所有殿上人都仰賴的大陰陽師病倒，當然震撼了整個皇宮。一大早趕來晴明房間的吉昌說，不管走到哪都有人問他晴明的狀況。

但是吉昌才懶得管那些貴族們怎麼想，對他來說，晴明就只是很重要的父親，不是其他任何什麼人。

『總之，病倒是事實，所以請您乖乖躺在床上，我會去向左大臣大人報告。』

『光躺著很無聊。』

『根據我個人的判斷，如果您想無視我現在的忠告溜出去，那位神將青龍很可能會衝破忍耐的臨界點。』

『唔！』

吉昌把手一攤指向青龍，說得很認真，晴明只能舉白旗投降，青龍的藍色眼睛的確閃爍著冰刃般的光芒。

不只是他，其他神將的視線也明顯責怪著晴明，彰子的表情當然也跟他們一樣。

晴明嘆口氣，放棄了。

看到晴明乖乖閉上了眼睛，吉昌把他交給神將們看顧，離開了房間。

在離開房間稍遠的地方，他停下來，吁了口氣，把肺裡的空氣全吐出來了。

『還好沒事……』

他舉起一隻手掩住眼睛，低聲嘟囔著。

晴明年紀很大了，這次幸虧是醒過來了，想到萬一再有下次他就害怕。

吉昌不記得母親了，小時候曾有一次纏著暫代母職的神將天后，在水鏡中映出母親的模樣。映在水面上的是天后實際見過的母親的模樣，緊靠著父親的她不是什麼大美人，但是笑得很溫柔。

因為不記得母親，所以他更加珍惜父親。跟他同年齡的人，很少有父母還活著的。在這個時代，晴明真的算是高齡了，隨時都有可能發生任何事。

他已經做好了心理準備，但是當那一天來臨時，他想他可能還是會雙腳發軟站不穩。

『吉昌叔叔……』

聽到謙恭有禮的聲音，吉昌訝異地回過頭，看到彰子正不安地望著自己。

『彰子，不好意思，我有點亂了方寸。』

『別這麼說，天一他們說會照顧晴明大人，所以吉昌叔叔請快去休息。您昨夜一整晚都沒睡吧？』

『我沒關係，倒是妳，吉平和昌親來的時候，妳一定很慌張。』

彰子搖搖頭說：『不會……幸虧不是什麼重病，我也放心了。』

她幼小的心靈似乎受到了很大的衝擊。吉昌沉著地笑笑，對總算放下心來的彰子說：『不用擔心，他是狐狸之子，不會那麼輕易出什麼事。』

說不定吉昌自己比誰都想相信這句話。

吉昌和彰子離開後，晴明張開眼睛坐起來。

青龍以責備的眼神無言地看著他，他沉默不回應。天后、白虎也流露出跟青龍一樣的眼神，只有朱雀無可奈何地幫他準備了憑几。

『青龍、天后，我倒下去時，你們有沒有感覺到什麼？』

兩人周遭的空氣瞬間冷卻下來，天后回頭看著青龍。青龍站著，所以眼睛在比較高的位置。

藍色的眼睛閃爍著嚴厲的光芒。

『有個黑影。』青龍簡短回答，瞇起眼睛說：『你不是單純病倒。那東西到底是什麼？晴明。』

什麼都沒聽說的幾個神將驚訝地看著青龍。

『怎麼回事？』

『有術士或妖怪向晴明挑戰嗎？』

白虎和朱雀輪流問青龍，但回答的是晴明。

『我不知道對方是什麼人，總之，我感覺到刺人的視線，然後就……』

晴明按住左胸。流竄全身的那股衝動是發自自己體內，貫穿心臟，橫衝直撞。

突然，他彷彿聽到在初春月夜響起的莊嚴聲音。

——你差不多該……

不同於人類的神，說不定已經預見了今天的事。

但是，身為人，連這樣的猜測是否正確都無從知道。

已經一個月不見的孫子的臉閃過腦海，晴明好想再聽到他充滿朝氣的聲音。

他知道有個人在遙遠的河岸等著他，他必須趕快去，可是又希望可以在這裡多待一些時候。

『晴明啊……』一直保持沉默的青龍冷冷地開口說：『不管原因是什麼，你的身體也已經撐到極限了，不要說你自己沒有感覺到。』

現場一片沉默，因為十二神將都是同樣的感覺，連晴明自己也是。

他使用的離魂術會大大削減他的咒力和生命力，如果隔很長一段時間才使用一、兩次，就不會有太大的影響，但是他使用得太過頻繁了。那個年輕姿態所展現的龐大力量，可以說是用他的靈魂換來的。

晴明是十二神將的主人，他們不會放任主人做那種削減生命的事。

『不要再為那個孫子使用力量。』

青龍冷冷撂下這句話後，就消失了蹤影，可能是有話要跟異界的同袍說吧！

其他神將的想法應該也一樣，但那同時也是違背主人意願的要求。他們都希望可以照主人的意願去做，所以很難說出相反的意見。

是晴明灑脫的笑聲打破了令人難過的靜默。

『真是的，竟然不讓老人家照自己的意思去做，他還是那麼死腦筋。』

他煩惱地閉上眼睛，靠著憑几，把手貼在額頭上。

眼角不知道為什麼熱了起來。

✦ ✦ ✦

像塗了一層漆一樣的黑暗籠罩著四周。

空氣比初春潮濕的風，吹過她的臉。

坐在船形岩上閉目養神的貴船祭神高龗神，察覺到有人衝破那道風降落，張開了眼睛。

一個瘦長的身影出現在她盤坐的岩石前。

高龗神認出那個身影，微微張大了眼睛。

『妳是……晶霞！』

看到高龗神驚訝的樣子，晶霞露出滿足的微笑，飛到半空中，擺出坐在什麼東西上的姿態，把腳盤起來。

環抱胸前的雙臂比雪還白，身上穿著薄衣，看起來很冷。左手和雙腳腳踝戴著暗銀色的圓環，脖子上也戴著一堆晶瑩剔透的飾物。最大的淡藍色的玉，掛在她微微隆起的胸前。

長過腰部的銀白色頭髮隨風飄搖，灰藍色的眼睛直視著高龗神。

『我要拜託妳一件事，』晶霞端莊秀麗的臉龐帶著微笑，用莊嚴而柔和的聲音說：

『從現在起，不管發生什麼事，妳都不要出手。』

托著腮幫子傾聽老友說話的高淤，不敢相信地眨了眨眼睛。

『太好了，能看到妳這麼驚訝的樣子。』

『妳的個性還是那麼差勁。』高淤開心地笑起來，偏著頭說：『看妳提出什麼條件囉！這幾十年來，妳的足跡遍及全國，卻從不曾來過這裡，這次是什麼風把妳吹來的？』

晶霞表情凝重地沉默了好一會，微微瞇起灰藍色的眼睛，遙望著遠方。

『將會發生很多麻煩事。』

『發生？從現在起？』

『還只是預測，恐怕會。』

她放下環抱胸前的手，縮起肩膀嘆了口氣。

『我費了很大的心血才把那傢伙的注意力從京城引開，現在卻……』

她瞇著眼睛遙望山麓下的京城。

『京城裡有我們的眷族，被那傢伙發現了。』

高淤用別有涵義的眼神看著老友。

『眷族啊……』

『嗯，我並不想把他們捲進來，可是那傢伙不讓我稱心如意。為了把我引出來，那傢伙什麼事都幹得出來。在出雲時，那傢伙發現了眷族的後裔，一定會追到這裡來，找到他的親人……真是麻煩。』

『妳之前的努力都泡湯了？』

『妳好像很開心呢！高淤，真想讓妳分擔我一半的辛苦。』

『妳饒了我吧！袖手旁觀才有趣。』
『我就知道，不過，不跟妳說一聲怕妳生氣，所以我只是來問候妳一下。』
聽到老友完全不抱希望的說法，高淤竊笑著，然後唐突地改變了話題。
『京城有個很有意思的人類。』
晶霞只是看著她，她不等晶霞有其他的反應就瞇起眼睛說：
『因為太有意思了，所以我允許那孩子叫我高淤。』
『哦？那很難得呢！』
除了神族外，只有晶霞叫這個神高淤。
『他現在人在出雲，再一個月就回來了，妳想不想見他？』
『如果命中注定會見到他，不用妳安排總有一天也會見到。』晶霞浮在半空中，苦笑著說：『可以的話，我希望不要見到他，因為妳覺得「有意思」的孩子，不知道擁有什麼樣的力量。』
『妳說得也有道理。』
高淤似乎很滿意老友說的話，爽朗地笑了起來。

✦ ✦ ✦

6

安倍吉昌代替病中的晴明去為藤壺中宮祈求病癒，效果顯著，中宮逐漸好轉，在比當初預定時間遲了許多的四月下旬入宮了。

但是她並沒有痊癒，還是常常躺在床上，所以五月上旬又搬回了土御門府。

『呃，天一……』

正在打掃昌浩房間的彰子，回頭看著在她身旁幫忙的神將。

『什麼事？』

『我聽說章子十多天前又搬回了土御門府，是真的嗎？』

天一眨眨眼睛，看著一臉認真的彰子。

她邊思考著可以安慰彰子的話，邊平靜地說：

『是的，我聽說是這樣，她病得很嚴重，幾乎每天都躺在床上。』

『是嗎？……』

天一訝異地看著沉下臉的彰子說：『對了，小姐，這件事妳是從哪聽來的？』

『咦？啊！是小妖們，最近它們每天都會來圍牆外。』

『原來是這樣啊……』

就某方面來說這是很嚴重的問題，要趕快想辦法解決才行。

天一困惑地沉默下來，彰子抬頭看著她，這才發現天一的身高跟晴明他們差不多。

經常跟天一在一起的朱雀很高，所以彰子一直沒注意到天一比一般女孩子高很多。對了，勾陣比天一更高，六合又比勾陣高，所以抬頭看他們時脖子都很痠。玄武、太陰比彰子矮，不過那是因為他們的外表是小孩子。

十二神將畢竟是『神』，可能神的眷族大部分都很高大吧！

彰子邊想著這些無關緊要的事，邊再次開始打掃。

每天她都會打開門通風，把灰塵掃出去，再用乾布擦拭地板。昌浩有很多書籍和卷軸，全都隨手堆在一個地方，彰子會邊打掃邊幫他歸類。太艱深看不懂的書名就請教神將或晴明，整理得很有秩序。

昌浩藏起來的衣服，也都在進入五月前縫補完了。現在彰子正一點一點偷偷幫他洗，不讓露樹發現。

『這些事都做完後，要做什麼呢……』

她希望昌浩會在她做完這些事前回來。

好久不見的羅城門，看起來比記憶中更斑剝。

那是因為昌浩的記憶太模糊，才過了一、兩個月，城門當然不會有太大的變化。其實，他原本已經不可能再見到這座城門，也不可能再鑽過這個城門了。

『哇，回來了……』

昌浩感慨萬千地喃喃說著，在一旁嘎吱嘎吱扭動脖子的成親說：

『我的家，我回來啦！』

『哥哥，你還不能回家。』

昌浩立刻這麼回應，成親板起臉來很不高興地說：『咦咦咦？我想先回家啊！我的兩個兒子、女兒、岳父、岳母、侍女和家僕們，都在家裡等我啊！』

『……你是不是故意漏了大嫂？』

『是你想太多了。』

成親斷然否認，嘟起了嘴巴。

『她當然是在等我，所以就不用特別說啦！』

很遺憾，昌浩並沒有聽到他這樣的喃喃自語。

昌浩嘆口氣，看著腳下說：『終於回來了，小怪。』

在兩兄弟腳邊慢慢走的小怪，偏著頭瞇起眼睛說：『嗯……京城到了。』

晴明所在的京城。

它有很多事想問晴明，非問不可。但是，要從哪裡問起呢？發生過太多太多事了，還有些部分模糊不清。譬如：失去的記憶、朦朧的記憶、必須知道的事、不能知道的事，還有必須去理解的事。

昌浩看到夕陽色的眼睛摻雜著種種感情，微微曳動著。

那是小怪恢復記憶後，不時會出現的眼神。有很大的漩渦在它心中翻攪著，它勉強壓抑住了。

昌浩在心中喃喃說著：『我未必全都能回答，但是……』

如果是以前，小怪一定會先來問昌浩。

他什麼都沒說就抓起了小怪白色的身體，突然覺得小怪緊張得全身僵硬，他不由得瞇起了眼睛。

『你幹什麼啦！』

『我想你應該累了嘛！我這個人就是這麼好心。』

他故作輕鬆地說，小怪眨眨眼睛甩了甩尾巴。

『笨蛋，擔心別人之前先想想你自己吧！不用擔心我，我的體力比人類好多了。』

『是嗎？』

『是啊！』

小怪從昌浩手中溜走，蹬蹬蹬向前走，那背影看起來好遙遠。

昌浩覺得心中彷彿破了個大洞，寂寞地垂下了視線。

一雙大手撫摸他戴著烏紗帽的頭，他抬起頭來，看到成親溫柔地對他輕輕點著頭。

『嗯……』

沒關係，小怪現在就在他伸手可及的地方。

隱形的神將太陰和勾陣默默看著昌浩。

一回到京城，昌浩就把不停抱怨的成親先拖去陰陽寮。

在半路上，昌浩就梳好髮髻，戴上了烏紗帽。

兩人出發時都是穿著狩衣、狩袴，所以希望大家看在他們剛從出雲回來的分上，不會計較他們的穿著。如果真的不行，就請守門的衛士去叫陰陽寮的人來，把報告交給那個人。

『看吧！昌浩，來這裡還是應該先整理好儀容。』

『這是工作、工作啊！哥哥，你身為曆博士要以身作則。』

『哇，你說話跟昌親一樣。』

排行老大的哥哥抱著頭，排行老三的弟弟把手按在額頭上。

小怪半瞇起眼看著他們，跟站在一旁的勾陣視線交會時，無奈地聳了聳肩，勾陣回給它一個苦笑。

太陰躲在勾陣後面，不時偷瞄著小怪。

《好像還是有點……嗯……》

沒有騰蛇那麼可怕，但也絕不是一點都不可怕。長年來烙印在心底深處的恐懼感，不是那麼簡單可以克服的。

《我還是先回去吧！向晴明報告我們回來了。》

昌浩和成親對她點點頭。

『啊，好主意……不如也去我家通報一下吧！』

太陰在成親面前現身說：

『我很願意去，問題是你家有人看得見我嗎？我可不想突然現身，引起大騷動。』

『唔……』

成親答不出話來，太陰不理他，飛上了空中。

『那麼你們小心走，我在安倍家等你們。』

他們是從朱雀大路直直往北走，所以路上行人不少，他們不能向太陰揮手，只能目送她離去。

送走她後，昌浩看著天空，夏天的太陽越過天頂，開始往西斜了。

『對了，已經夏天了……』

從出雲出發時，這個時刻的太陽更加西斜，天空也燃燒得更紅。

從羅城門往朱雀大路直直向北走，走到盡頭就是朱雀門，但是位於東側的美福門比朱雀門更靠近陰陽寮。雖然繞一大圈去郁方門或待賢門會更近，不過繞那一大圈真的太遠了，所以他們找上美福門的衛士。

『請轉告陰陽寮，出差的曆博士和直丁回來了。』

幸虧其中一個衛士認得成親，所以立刻通報了陰陽寮。

衣裝不整還是進不了皇宮，但是，至少可以請人把成親在出雲寫好的報告轉交給陰陽寮長。

昌浩站在離大門稍遠的地方，抬頭看著圍繞皇宮的高牆，突然有人帶著一點怒氣叫喚他的名字。

『昌浩！』

昌浩張大眼睛，低下頭往美福門看，眼前出現一張正經八百的臉，像平常一樣規規

矩矩穿著直衣、狩袴，戴著烏紗帽。

『啊……』

昌浩一時不知道該說什麼。

藤原敏次跑向張著口說不出話來的昌浩，用食指指著他說：

『這種時候你應該像成親大人一樣，老實地立正站好，像你這樣一臉癡呆地望著圍牆，會害我們陰陽寮整體的士氣遭人質疑！』

『哦、哦。』

『哦？』

被提高尾音反問，昌浩慌忙修正說：『啊，不是，對不起，以後我會小心。』

『知道就好。』

敏次怒氣沖沖地作結論後，回頭對成親說：『博士，失禮了，請問要我做什麼？』

成親看著兩人之間的對答覺得很好笑，感到很有趣地看著敏次說：

『請幫我把這份報告交給寮長，並轉告他，我今天先回家了。如果明天的日子不錯，我明天就會進宮，如果不好，我會算好日子再來。』

『是……呃，也許我不該多嘴，可是我想有件事最好先告訴你們……』

敏次停頓一下，看看成親和向他靠過來的昌浩。

『老實說，藏人所陰陽師晴明大人一個月前病倒了，現在還躺在床上。』

『咦？……』

昌浩不自覺地發出驚叫聲，成親張大眼睛看著敏次。

『有沒有生命危險？』

『聽說沒有，不過年紀畢竟大了，所以正在休養中……』

聲音不見了。

——好像有人在遙遠的地方說著什麼。

昌浩茫然地這麼想，周圍的聲音突然都消失了。

眼前的一切失去了真實感，腳幾乎快站不穩了，好像站在細線上勉強維持著平衡。

是誰在說什麼？

心臟不安地跳動著。

血液唰地往下流，手腳末端急速變得冰冷。

昌浩在記憶中拚命搜索，希望能想起最後一次見到的那張臉。

祖父的臉——從他出生以來從來沒變過、佈滿皺紋的臉。

那才是他要搜尋的臉，可是眼底浮現的卻是使用法術的年輕人。

那麼，聲音呢？他應該聽過幾千次、幾萬次呼喚自己的聲音，然而……

在耳邊響起的卻是滑潤、渾厚、強而有力的聲音。

——昌浩，快去追屍鬼！快去追啊……你不是做了承諾嗎？

因為這是他聽到的最後一句話。

看著無助地抓住自己袖子的小孫子，祖父露出了淡淡的笑容。

那就是他最後看到的祖父。

『爺爺……』

昌浩聲音嘶啞地低喃著，有隻手拍了拍他的背。

他抬起頭，看到擔心的成親和緊緊抿著嘴的敏次。

敏次露出憨厚的表情，吞吞吐吐地說：『呃……』

他不停地眨著眼睛，似乎在心裡尋找該說的話，然後一字一字經過確認才說出來。

『我聽吉昌大人和昌親大人說，晴明大人真的只是躺在床上休養而已，其實已經很有精神了。而且，晴明大人可能也很擔心被遠派到出雲的成親大人和你，所以看到你們平安回來應該就會……』

『是啊……』昌浩握緊拳頭，低下頭來說：『是啊、是啊……』

敏次覺得自己說錯了話，很抱歉地看著成親說：『那我現在就把報告交給寮長。』

『嗯，謝謝你告訴我們，讓我們作好心理準備，對吧？昌浩。』

成親拍拍弟弟的背，鎮定地笑著。不管發生什麼事，即使是被捲入了漩渦中，他也不曾驚慌失措過——縱使只是表面上。

昌浩默默點點頭，向敏次低頭致謝。

目送成親和昌浩快步離去後，敏次陷入了自我厭惡的情緒裡。

『真糟糕……我說話應該更小心的。』

他是想總比他們什麼都不知道就回家好，才說了那件事，可是卻出現了反效果。

『我實在太不成熟了……』

敏次無力地一邊自言自語著，一邊走回陰陽寮。他沒有通靈能力，所以有些東西他是看不到的。

就在他提到晴明病倒這件事時，站在一旁的小怪和勾陣比成親和昌浩都來得驚訝。

他們知道人類有多脆弱，也知道以人類來說，他們的主人活過了太長的歲月，還勉強使用了各種法術，即使知道會超出咒力極限也不會改變主意。

這樣下去會發生什麼事，他們不是不知道。

勾陣壓抑緊張的心情，咬著嘴唇，在成親他們身旁隱形。

《晴明！……》

小怪的表情比勾陣更憂鬱，把所有的話都藏在心裡。

他們一步步往前走，愈來愈接近安倍家了。這應該是很開心的事，昌浩的心情卻愈來愈沉重、灰暗。

腳重得像鉛塊，胸口好像塞著什麼，呼吸困難。

很想祖父，可是又怕見到祖父。

昌浩在胸前握緊了拳頭。

他想道歉，一見面就先道歉，他知道一定會挨罵，但是出現在他腦海裡的晴明，總是那麼瀟脫、充滿生氣，看起來完全不像老人。

『怎麼辦？……』

他覺得沒臉見祖父。

小怪用僵硬的聲音對低著頭、臉皺成一團的昌浩說：

『放心、放心……那個晴明才沒那麼容易死。』

但是，說得這麼肯定的小怪也是無精打采，滿臉憂愁。

隱形的勾陣輪流看看他們兩人，默默嘆了口氣。依她判斷，先回去的太陰應該已經知道這件事，卻沒來報告，可見應該不是什麼重病。

但是，她知道那只是她自己這麼希望的猜測。

看到安倍家的大門了。

『……』

昌浩不由得停下腳步，腳底像生了根般，拔都拔不起來。

《啊……》

彰子才剛聽到低喃聲，神將太陰就在她眼前出現了。

『回來了。』

『真的？』

彰子興奮地問，太陰正要轉身回答她，但是彰子等不及回答，就往大門衝過去了。

『啊……』

被拋下的太陰不知道該把下意識伸出來的手往哪裡擺，東看西看後抓了抓後腦勺。

彰子會頭也不回地衝出去，可見她多麼希望昌浩趕快回來。

太陰沒多久前還跟昌浩在一起，所以彰子一直問她關於昌浩的事。但是太陰只說見到他就知道了，因為她不知道該說到什麼程度。

『很難說清楚發生了什麼事……而且，昌浩又「看不見」了……』

太陰呼地嘆口氣，突然眨起了眼睛。

『哎呀，昌浩總不會跟……』
語尾漸漸聽不見了，太陰的臉也跟著愈來愈蒼白。
『不得了啦！』
慌忙飛天趕到的太陰正好撞見想像中的情景，不由得屏住氣息。
有人呆呆站在拉開的門前。
衝出去迎接的彰子全身僵硬地盯著那個人，一句話也說不出來。
四周頓時彌漫著緊張的氣氛。
慢了好幾步才到家的昌浩打破了短暫的靜默。
察覺氣氛不對，昌浩和小怪緩緩抬起落在地上的視線，不禁張大了眼睛驚叫：
『啊！……』
『疏忽了……』
聽到兩人的驚叫聲，像雕像般靜靜盯著彰子的成親，緩緩回過頭說：
『昌浩……』
『是、是！』
這時昌浩正想逃離現場。
成親面向昌浩，面無表情地用右手指著彰子說：『她是誰？』

彰子的肩膀晃動了一下。

被逼問的昌浩，面對從來沒想過的完全不同次元的危機，喉嚨彷彿凍結了，只有嘴巴動著，卻發不出聲音來。

《糟糕，竟然忘了……》

勾陣也滿腦子都想著晴明的事，沒有想到這一點。她看著在彰子背後按著額頭的太陰，用眼神問她怎麼會這樣。

安倍家收留彰子大約半年了，向來東躲西躲的她，現在終於被第三者發現了。

『詳細情形我等一下再慢慢聽你說。』

從昌浩、彰子和十二神將的態度，成親大約可以猜出內情，他半瞇起眼睛盯著弟弟說：『先去看爺爺吧……還有，這位小姐……』

『是、是！』

彰子緊張得差點沒跳起來，成親對她笑笑說：『我父親吉昌還在陰陽寮嗎？』

『是的，應該傍晚才會回來……』

『那麼，我母親露樹呢？』

『剛才去市場了……晴明大人在房間休息。』

『是嗎？那正好。』

成親淡淡笑著，低聲這麼說，眼睛似乎有點僵直。昌浩察覺後想開溜，立刻被成親發現，他一把抓住弟弟的頸子說：『昌浩，你要去哪？我們是擔心爺爺的身體匆匆趕了回來，所以我要先去見爺爺，然後我還有很多事要問你呢！』

『咦、啊、呃、那個……』

『騰蛇、勾陣，你們也不准逃。』

成親也沒放過正想離開的小怪和勾陣，小怪被瞪得沒辦法，只好轉過身來。

『行李放在這裡，幫我看著。』

成親把自己跟昌浩揹的行李隨手扔在走廊上，往裡面走。

現身的勾陣看著被成親拖走的昌浩和跟在昌浩後面的小怪，露出難得的困惑表情，嘆了一口氣。

彰子臉色發白，雙手掩住嘴巴。太陰繞到她面前，緊張地說：『沒事啦、沒事啦！成親是吉昌的孩子，而且頭腦很好，了解原因後也不會到處去說。』

『可是……可是，父親和晴明大人都交代過我……』

因為太過心急，忘了小心門外很可能是其他人。

為了瞞過世人，父親曾經嚴厲地交代過她，不可以讓任何人見到她。所以訪客多的正月，彰子還特地離開安倍家，暫時住在其他地方。

安倍家族的人因為職業的關係，很多都跟貴族有往來。藤原道長的權力現在的確很穩固，但是俗話說：『千里之堤，潰於蟻穴。』千萬不能掉以輕心，這個秘密還是只能讓極少數人知道。

不過這麼一想，也許應該慶幸發現的人是成親。

『太陰說得沒錯，成親應該不會說出去，可是，為了不讓他產生不必要的懷疑，說不定必須把真相告訴他。』

『勾陣。』

彰子扭曲著臉快哭出來了。勾陣用手當梳子抓抓她的劉海，對她笑笑，想讓她安心。

『不要擔心啦！彰子，成親是吉昌的兒子，而且三兄弟中就屬他最狡猾了。』

政治中樞皇宮向來被稱為萬惡的深淵，其中的陰陽寮也難免在各方面與政治扯上關係，不夠狡猾恐怕很難勝任陰陽寮的官職。

『不過……』勾陣環抱雙臂，煩惱地瞇起一隻眼睛說：『這之前他什麼都不知道，應該會生氣吧……唉！這也是沒辦法的事。』

昌浩不知所措地看著大步往前走的哥哥的背影。

一看就知道，他正在生氣。

『喂，成親……』

小怪正想替坐立不安的昌浩編些藉口時，成親突然停下腳步，小怪只好把後面的話吞下去。

『爺爺，成親和昌浩回來了。』

聽到成親這麼說，昌浩和小怪才發現已經到了晴明的房門口，可見他們兩人有多慌張了。

『喲，回來了啊！進來進來。』

『打攪了。』

神將太陰盡責地扛起了通報的任務。成親他們突然到來，晴明並沒有驚訝的樣子，很自然地招呼他們進來。

一拉開門，風便流動起來。面向庭院的板窗敞開著，所以逐漸轉冷的空氣一找到出口，便颼地吹過房間。

晴明躺在床上，旁邊是書本和矮桌，天后守在他身旁。神將們輪流陪伴晴明，沒有間斷。

看到昌浩和小怪，天后輕皺眉頭，就那樣隱形了。晴明可能正在跟天后說話，不過，從散落枕頭邊的書籍來看，也可能正在看書打發時間。

晴明一副好爺爺的樣子，笑著向幾個月不見的兩個孫子招手。

『平安回來了啊？很好很好，也去過陰陽寮了嗎？』

成親在床舖旁坐下來，回答說：

『去過了，在那裡聽到陰陽生說爺爺生病了，我們就趕回來了。』

『沒回你家就趕來了啊？真難得呢！』

『我畢竟也是爺爺疼愛的孫子啊！我怕先回家再來，事後不知道會被爺爺說成怎麼樣。』

成親假正經地說，惹得晴明哈哈大笑，成親聽到晴明的笑聲才安下心來。

太好了，爺爺果然沒事。

他在心中吁口氣，轉過頭看看沉默不語的昌浩。

昌浩低著頭，坐在比成親後面的地方，抓著膝蓋的手指都發白了，坐在他旁邊的小怪也望著地板不說話。

成親已經在出雲聽說所有的事，他感歎地聳起肩膀，突然覺得有視線落在身上，他轉轉頭，與苦笑的老人四目交接。

啊，對哦！

成親有些難過地瞇起了眼睛。
『您看起來精神很不錯，似乎不用擔心了，所以我先回去了，改天再跟昌親一起來看您。』
晴明點點頭，成親突然端正坐姿問：『呃，那位小姐是誰啊？』
晴明眨了一下眼睛，面不改色地回他說：『成親啊！不管任何人，都會有一個、兩個、三個、四個不想讓人家知道的秘密吧？』
『有五個、六個甚至七個秘密的爺爺，實在沒資格說這種話，不過，直接問那個女孩又有點可憐……我突然想起以前小妖們嘰嘰咕咕說的流言。』
『不能看穿流言就是流言，可見你還不夠成熟。』
『哈哈哈，被您將了一軍，不過……』成親哈哈大笑，接著擺出認真的表情說：『入宮的藤壺女御……現在是中宮了，以前我聽說她有很強的通靈能力，現在卻有傳聞說她沒有那方面的能力，我也曾經懷疑過這個傳聞會不會是真的。』
成親抓抓頸後髮際處，又接著說：『而且，以前我曾經陪我岳父去東三条府參加宴會，那時年紀還很小的藤原小姐從高欄縫隙偷看宴會，被我撞見了。』
少女一看到成親，就慌張地跑走了。她是往東北對屋跑，那裡就是藤原道長的長女彰子住的地方，年紀也吻合，成親馬上想到她就是彰子小姐，回家後還告訴妻子他意外見到了難得一見的深閨小姐，所以他記得很清楚。

『她雖然還小，但長得眉清目秀，是個很可愛的少女，所以我記得很清楚……啊，不過還是輸給我女兒啦！』

成親自己不斷點頭，晴明嘆口氣回他說：

『那是有點褪色的「藤之花」，要好好守護她，讓她繼續綻放才行。』

這句話說明了一切。

成親默默一鞠躬，拍拍旁邊全身僵硬的弟弟的肩膀說：

『我走了，你好好休息，再見。』

昌浩努力動了動緊繃的身體，點點頭。

『改天再來看父親和母親吧……』

成親開朗地說，消失在拉門外。拉門啪噠一聲被關上後，風失去流通管道就靜止了。

昌浩抓著膝蓋，拚命找話說。

他應該有非說不可的話，見到祖父非說不可，他卻怎麼也想不起來是什麼話。

種種感情在腦裡盤旋環繞，整理不出頭緒，他不敢看祖父的臉。

『……唔！……』

他緊閉雙眼，屏住氣，耳邊突然響起平靜的聲音：『你見到奶奶了？』

昌浩反彈似的抬起頭。

佈滿皺紋的臉慈祥地笑著。

怎麼也想不起來的祖父的臉，就在他眼前。

他壓抑湧上心頭的情感，點點頭說：『……嗯……』

『這樣啊……她很慈祥吧？』

『嗯……』

回答的聲音顫抖著，無法壓抑的情感在心中膨脹，轉變成眼角深處的熱淚，模糊了整個視線。

『她說，回去吧，我會推你一把……』

已經動彈不得的自己在河岸遇到的慈祥女人那麼說。

啊，對了，昌浩想起見到祖父時非說不可的話了。

『對……不起。』

『嗯？』

『我拜託了您很不應該的事！』

晴明看著拚命從喉嚨擠出聲音的小孫子，瞇起眼睛說：『是啊！你真傻，昌浩。』

『嗯……』

昌浩坐在離晴明很遠的地方，晴明招手叫他過來。他邊擦眼淚邊跪坐著往前移動，晴明伸出骨瘦如柴的手，輕輕拍拍他的臉說：

『你真的很傻……既然知道了，就不要再這麼做了，好嗎？』

從以前，晴明就不太會大聲罵昌浩，因為有其他人會那麼做，所以他選擇嘮嘮叨叨地說給昌浩聽，讓昌浩自己去理解。昌浩這才想起來，爺爺雖然不是完全不會罵他，但大多是這樣講道理給他聽。

『能再回來，是不是很好？』

『嗯……嗯……』

昌浩邊流著大滴淚水邊點著頭，晴明心疼地看著他。

可以再見到這個孫子、可以再聽到他的聲音，晴明真的很高興。

然後，他悄悄移動視線。

看著從頭到尾一動也不動的白色怪物。

昌浩不知道他在看什麼，順著他的視線望過去，心頭一驚。

『呃……我等一下再來報告。』

昌浩用力揉著紅通通的眼睛，說完後站了起來。可能是覺得尷尬，僵硬地低頭行禮後就啪噠啪噠跑出了房間。

『真是個擾人的傢伙，難得這些日子這麼安靜，他一回來就好熱鬧。』

晴明試著以開朗的語調帶動小怪，小怪還是什麼都不說，只是低著頭。

他輕輕嘆了口氣。

『紅蓮——』

小怪的背劇烈顫抖著，長長的耳朵震動一下，夕陽色的眼睛緩緩轉向了晴明。

那雙眼睛多像迷路的小孩啊！晴明邊這麼想，邊招手叫它過來，還跟它說這樣離得太遠，摸不到它。

四隻白色的腳像在摸索般，慢慢地往前移動。

晴明正躺在床上，小怪為了不造成他的負擔，停在他肩膀附近，眨了眨眼睛。額頭的圖騰微微發光，呈現未封印狀態。

『那小子果然還是個菜鳥，我有直接傳授給他封印法術啊！』

『我有事問你……』

『是嗎？在你問之前，先讓我說句話。』晴明把手伸向全身緊繃的小怪，摸摸它白色的頭說：『歡迎你回來，我一直在等你呢！紅蓮。』

聲音聽起來平靜、沉著。

就像當初賜給它名字時一樣的渾厚。

遇見你，我才開始覺得——
能夠誕生在這個世界上，真是太好了！

從踏入這所高中的第一天起，
風花就知道待在這裡的歲月將會改變她的一生。
從小她因為常轉學，總是交不到知心好友，
但剛認識的杏子只用簡單的一句話，就打開了她的心扉。

正當風花開心地準備享受高中生活，
一個麻煩的傢伙卻出現了！
第一次的偶遇，風花就被這位戴著眼鏡、
狀似「優等生」的學長咄咄逼人地找碴。
更令她驚訝的是，當杏子帶著心儀的對象阿樹學長出現時，
跟在阿樹旁邊的死黨竟然就是那個「優等生」學長——柊太！
但為了替杏子的戀情加油，
風花只好勉強試著去習慣四個人共度的高中生活。

沒想到，平時正經八百的柊太學長，
拿下眼鏡後卻坦率又愛捉弄人，而且對風花無比細心溫柔。
雖然明知自己和對方的差距實在太大，
但風花卻漸漸感覺到，自己可能戀愛了……

7

昌浩洗完臉回到自己的房間，看到彰子抱著他的行李，沮喪地垂著頭。

『彰子，怎麼了？』

彰子驚訝地抬起頭，望著昌浩的眼睛閃著淚光，她強忍著不讓眼淚掉下來。

『啊！彰子，妳怎麼一副快哭出來的樣子呢？』

他慌忙在彰子身旁坐下來，環視房內。十二神將中的太陰、勾陣應該在這裡，問她們也許可以知道原因。

可是，房內沒有她們兩人的氣息。可能是隱形了，那麼現在的他就無法感覺到她們的存在。

『剛才那個人是你哥哥吧？』

『咦？啊，嗯，是啊！最大的成親哥哥，跟我差十四歲。』

『怎麼辦？我不可以讓任何人知道我在這裡啊……』

昌浩知道彰子在擔心什麼，便安撫她說：『這件事妳儘管放心，我哥哥的口風很緊，而且他一看到妳，好像就知道妳才是「彰子」了。』

『怎麼可能？』

『我是想告訴妳，他既然知道了就絕對不會鬧出什麼大事來，只是會有點生氣我們沒告訴他……』

成親哥哥是個從背影就看得出來在生氣的人，所以不說話時最可怕。昌浩很喜歡他值得依賴的寬闊背部，可是，最不會應付那種狀況。

『真的嗎？』

彰子以眼神向昌浩確認，昌浩很肯定地對她點點頭。

『是嗎？……嗯，我知道了。』

心中的陰影一掃而空，彰子呼地鬆了口氣。不一會兒又張大眼睛，抬起了頭。

『……昌浩……』

『嗯，什麼事？』

彰子的眼中再次閃著淚光，昌浩心想這次又怎麼了？趕緊重新坐好。

彰子把手擺在自己胸前，微微笑著說：『歡迎你回來……』

突然的轉折，讓昌浩不知道該說什麼才好。

他這才想到，沒錯，自從二月底分開後，真的很久不見了。

想到這裡，他的心開始狂跳。

眼前正是他原本以為再也見不到的人。

在出雲，當他的心飽受折磨、感到痛苦無奈，再也承受不了時，彰子彷彿感應到他的心境，在夢中出現了。

他想那應該只是夢，但是卻給了他的心極大的撫慰。

應該回不來的自己會希望還是能夠回來，都是因為她曾說過的話。

許許多多的感情糾結在一起，他不知道該說什麼才好。

用力吸口氣後，他努力地回答：『嗯……我回來了。』

彰子不斷點著頭，眼角閃爍著淚光。一發現昌浩的視線，她困惑地按著嘴唇，說：

『對不起，我太開心了……因為在夢中見過你，所以我相信你很平安，可是不這樣親眼見到你，還是不敢確定你是不是真的沒事。』

『咦？……』

彰子害羞地看著訝異的昌浩說：

『晴明大人教我唸咒語……他說可以在夢中見到你……你覺得好笑就笑吧！』

昌浩不知道該說什麼。

我也做了夢啊！對不起，無論如何都不想讓妳看到我的臉。見到妳很開心，能感覺到妳的體溫，也真的很開心，可是我卻意氣用事，不肯面對妳。

彰子訝異地看著沉默不語的昌浩說：『昌浩，你怎麼了？』

『沒什麼……呃，啊！對了。』

他回過神來，把彰子放在膝上的行李拉過來，在裡面翻找，找到了要找的東西時，他的眼睛立刻亮了起來。

『找到了！』

『什麼？』

彰子望向昌浩。他把從行李中拿出來的小皮袋拿給彰子看。

『回家途中經過磨玉的地方，我在那裡找到的……』

他鬆開綁住袋口的繩子，將袋子倒過來，就從裡面掉出了一條串著玉的皮繩。他把那條皮繩放在手中，遞給彰子。

『對不起，不是什麼好東西……送給妳。』

那是經過琢磨的圓形瑪瑙，很小一顆，是接近橙色的淡紅色，錯落著幾條白色的條紋。果然如昌浩所說，並不是高級品。

直徑約三公分的小圓玉，中央穿了一個洞，左右各裝飾著一根管玉。穿過那個洞的繩子是白色的細皮繩，應該是有經過漂洗脫色，長度不到一尺，看起來像是戴在手腕或腳踝的裝飾品。

彰子呆呆看了好一會，才緩緩伸出手來。當小小的圓玉移到她手上時，她低頭望著手上的裝飾品，看得連眼睛都忘了眨。

她緊握著玉，露出花一般的燦爛笑容。

『謝謝……我很喜歡。』

『那就好，我很煩惱，不知該送什麼才好，我完全不知道女生喜歡什麼東西……』

當時，看到昌浩抱頭唸唸有詞的樣子，已婚的成親忍不住嘆口氣說：

『連對方喜歡什麼都不知道，可見你還不夠成熟。不過，你也十四歲了，有一、兩個想送禮物的對象也不奇怪……啊！原來你都長這麼大了。』

聽到成親的感嘆，小怪故意挑他毛病說：『這年紀有兩個對象會有問題吧？』

但是成親完全當它不存在，在煩惱中的昌浩頭上亂抓一把。沉溺在自己的感慨中的他也替妻子選了禮物，可是昌浩不知道他買了什麼。

『瑪瑙可以驅邪，所以我想應該很適合，而且又漂亮，雖然不夠紅，但是我想跟妳白皙的皮膚應該很相配。』

『嗯，我會好好珍惜。』

彰子真的笑得很開心，昌浩又難為情、又想哭地看著她。他還記得以為是最後一次而緊緊擁抱她時的溫暖，但是，就在他身旁笑著的彰子，更能暖和他的心。

『對了，昌浩，把頭低下來。』

『咦？嗯。』

他低下頭，感到脖子被掛上了什麼東西。

一股撲鼻的香氣讓昌浩知道那是什麼了，他呆呆看著垂掛在胸前的香包。

彰子把瑪瑙戴在自己的手腕上，偏著頭說：

『你在出雲時，繩子斷了，我換了比較堅固的繩子，不知道長度適不適合？』

輕輕碰觸的香包上還殘留著彰子的體溫，她應該是跟昌浩一樣，隨時把香包掛在脖子上吧！

『嗯……』

昌浩緊握著香包，忍不住低下了頭。

啊！自己怎麼會那麼傻呢？

那一瞬間竟然相信自己真的能放掉這樣的溫暖。

『嗯，長度剛好……』

自己真的很任性、很笨、很蠢，卻還是有很多人等著這樣的自己回來，他怎麼可能放得下這些人呢？

——不管要做出多大的犧牲。

天黑了。

『我要放下來囉！』

『嗯，麻煩妳。』

晴明向拉下板窗的勾陣揮揮手，在床上坐了起來。

『喂，你不可以起來吧？』

小怪緊張地大叫，晴明從容地說：『誰說不行？我是因為如果不乖乖躺著，青龍就會瞪我、天后會無言地責備我、天一會直盯著我看、朱雀也會冷冷看著我、白虎則會把眼睛往上吊，我才不得不窩在床上。』

那不就是所有人都嚴格命令他要躺著嗎？

小怪半瞇起眼睛看著年老的主人。

它討厭青龍，也跟天后合不來，但是它知道他們都是真的關心主人。他們一直陪伴在晴明身旁，所以應該比長時間不在的小怪更清楚晴明的身體狀況。

『既然這樣，你就應該躺著。喂！勾陣，妳也說說話啊！』

『如果我說的話他會聽，我就不必這麼辛苦啦！』

勾陣直率地說，在小怪旁邊坐了下來。

『現在你耍嘴皮子，青龍會瞪你，表示事情還沒那麼嚴重。我勸你最好小心點，不要把天空也從異界逼出來了。』

天空負責統領十二神將，但是很少從異界來到人界，連晴明見過他的次數都是五根手指數得出來。

『天空啊！我也不知道怎麼應付他。』

晴明揉揉太陽穴喃喃說著，看著他的小怪和勾陣也是同樣的想法。

天空的確很難應付。

『我也很怕天空。』

『他真的很難應付。』

晴明決定還是不要逼他出來，把手伸向憑几。勾陣察覺晴明的動作，快一步移動了憑几，小怪則把外衣披在靠著憑几的晴明肩上。晴明交互看看這兩個部下，笑了起來。

『被最強和第二強的神將照顧，感覺還真不錯呢！』

『是嗎？』

『晴明，你還真悠哉呢！也想想我們的心情嘛！』

勾陣雙臂環抱胸前，臉色突然變得很嚴肅。

『聽到我們不在的時候你病倒了，對我們造成多大的衝擊，你應該不難想像吧？請你記住，你要死也得先經過我們的同意，不然休想通過冥界大門。』

『別這樣，你們會害我被冥府的官吏罵。』

晴明說的是真心話，表情也很嚴肅。

小怪和勾陣不由得挺直了背。

『紅蓮，我只知道我剛才告訴你的部分，其他疑問恐怕只有貴船的高龗神可以回答你。』

小怪緊咬著牙，視線游移不定。

昌浩失去了『靈視力』。

他回來逼問晴明，總算知道了自己陷入敵人法術後發生的所有事情。回來前他不敢問昌浩，成親當時不在現場，勾陣又說不清楚整個來龍去脈。

有件事它非知道不可。

『——』

夕陽色的眼睛閃爍著銳利的光芒。

勾陣斜眼看見那道銳利的光芒，趕緊改變話題。

『對了，晴明，剛才天后說的話讓我很擔心。』

『嗯？』

晴明拉起差點從肩上滑落的外衣。

『你昏倒前是不是有感覺到什麼？』勾陣問。

夕陽色的眼睛默默轉向勾陣，晴明眨了眨眼睛，用手托著下巴。

『勾，怎麼回事？』

覺得被排擠在外的小怪發問，勾陣用黑曜石般清亮的眼睛看著小怪。

『體力已經撐到極限也是原因之一……但是，聽說晴明在土御門府有感覺到一股視線，而且帶著強烈的惡意。』

她轉而向晴明確認，晴明邊回想邊點頭說：

『青龍好像也有感覺到什麼……他是不是說有黑影？』

『黑影……』

小怪這麼重複說著時，晴明伸出手來，輕輕摸摸它的頭。

『喂！你幹嘛？』

晴明不顧小怪的抗議，繼續撫摸，然後砰砰輕拍兩下，像是在做最後的收尾，做完後吁了一口氣。

琉璃互撞般的微弱聲音，剎那間響起又消失。

茫然抬頭望著主人的小怪，額頭上的圖騰顏色稍微變淡了。

它露出壓抑情感的眼神看著晴明，低聲說：『不必選在這種時候啊……』

『或許是吧！』晴明點點頭，但是又瞇起眼睛說：『你就是太善良了，所以總是全力以赴，把自己逼到絕境。我在想，你是不是多少該學著放鬆點？』

半世紀以來，晴明一直是以同樣的眼神笑著，但是，眼角已佈滿深深的皺紋，可以看出時間毫不留情地在他身上流逝著。

『我不知道是什麼東西看著我，但是的確讓人擔心，你們要盯著土御門府。』

看到晴明又深深嘆了口氣，勾陣拿起披在他肩上的外衣說：

『你差不多該躺下了，我不是天后，但我也不希望你太勞累。』

『嗯，是有點累了。』

這次晴明乖乖聽話躺下來，閉上了眼睛，沒多久就發出了規律的鼾聲。

小怪甩甩尾巴說：『糟糕，我們光顧著談話，忘了點燈……』

勾陣這才想起來，也張大了眼睛。十二神將就算在黑暗中也不需要點燈，他們的眼睛可以看清楚黑暗，也可以看穿潛藏在黑暗中的妖魔鬼怪。

為了不吵醒晴明，小怪壓低聲音說：

『勾，妳覺得看著晴明的黑影是什麼？』

在一片漆黑的室內，勾陣謹慎思考著，按在嘴上的白皙手指，在黑暗中格外鮮明。

『會是新的敵人嗎？……啊！對了，忘了告訴晴明一件事。』
『什麼事？』
勾陣把視線轉向昌浩的房間，微微皺眉說：『在出雲時，昌浩出現了怪現象。』
那時候她清楚看到了。
剎那間，在昌浩眼底深處燃起了灰白色的火焰。
聽說，為了手刃神將騰蛇，昌浩向貴船祭神借了弒神的力量，讓那股力量依附在朱雀的『火焰之刃』上，一度殺了騰蛇。
人類的身體無法承受神的力量，雖然昌浩是還未完全成長的孩子，比成人更接近神的領域，卻還是無法改變人類力量不足的事實。
使用法力自由自在操控靈術的陰陽師，有時是不屬於人、妖怪或神的特異者。
不是人，不是妖怪，也不是神。
小怪不由得看著晴明的側臉。
晴明是人與妖怪的結晶，那麼，他是屬於哪個領域呢？
過了半夜，確定昌浩已經熟睡後，小怪躡手躡腳地溜出了安倍家。
白色小怪在潑了漆般的黑暗中奔馳。

奔向京城北方。

幾隻躲在建築物陰暗處的小妖們看到那個白色身影，都驚訝地彼此看了看。

『咦，那是式神吧？』

『那麼昌浩回來囉？』

『對了，早起的傢伙說好像傍晚有看到他。』

『哦，那就確定了，快通知大家！』

小妖們說定了便分頭散去。

小怪衝出了京城，以穩健的腳步輕盈地跑在剛萌芽的草地上。

這條路它曾經跟昌浩一起跑過，那時候兩人都跑得筋疲力竭，眼看著就快來不及了卻只能乾著急，盡全力奔跑，跑得快昏倒了。

小怪咬緊了牙關。

冬天時，兩人也曾在被雪封閉的道路上奔馳過。剛堆積起來的雪太軟，小孩的腳一再陷入積雪中，卻還是揮汗奮力前進。

還有個害怕黑暗的小孩，以為自己一個人被拋下，曾在那裡顫抖地哭泣。

貴船有太多令人懷念的情景。

同時，也留下了無數令人心痛的回憶。

胸口被短劍刺穿而搖搖晃晃的身影，現在還烙印在眼底深處不曾消失。

『……唔！』

小怪的臉扭曲起來。

它不恨任何人，一切都是從五十年前開始，而且是自己扔的石頭在水面激起了波紋。

——是你殺的！……

所以，縱使那個女人的吶喊不是真的，自己也沒有權利責備她。

但是，心還是很痛。

風音以死彌補了她自己引發的所有風波。

那麼，自己呢？應該已經結束的生命又延續下來，毫無改變地存活著。

小怪全神貫注地往前跑，不知道過了多久，終於到了貴船最裡面的正殿區。

它邊平息急促的呼吸，邊注視著船形岩，抿起嘴正要往前走，又突然靜止不動了。

表情很不安的它，轉頭越過肩膀往後看。

『……』

沉默地斜看了一會後，原本空盪盪的地方出現了一個身影。

是聳著肩苦笑的神將勾陣，小怪對她咂咂舌，板起了臉。

『妳來幹什麼？』

『我才想問你呢！騰蛇，你丟下昌浩來這裡做什麼？』

『不關妳的事。』

小怪冷漠地說，走進正殿境內，勾陣也毫不猶豫地跟在它後面。

『勾……』

被瞪的勾陣偏著頭，黑曜石般的眼睛閃爍著平靜的亮光。

『家裡有朱雀在，而且太陰、白虎也隨叫隨到，我不在也不用擔心。』

『我要說的不是那個。』

就在小怪粗暴地回應時，強烈的神氣降臨在船形岩上。

抬頭一看，以人形現身的貴船祭神正飄浮在岩石上方，薄冰般的眼睛靜靜看著他們兩人。

『高龗神！……』

小怪大喊，高淤神的表情更嚴厲了，但是小怪毫不畏懼。

它向前一步說：『高……』

但是，被高淤神舉起右手制止了，光是那麼一舉，小怪的喉嚨就凍結了。

儘管小怪的原貌是神將騰蛇，也算是神的眷族，但只是排在末位的最下層地位。只要高龗神拒絕，它就不能主動說話。

從高龗神散發出來的冰冷神氣的波動，在整個靈峰貴船擴散開來。小怪和勾陣在相差懸殊的通天力量的漩渦中，屏息等待時機。

不久後，神緩緩降落在岩石上，瀟灑地單腳盤坐下來，托著臉。

幾乎沒有表情的臉，終於出現了一點感情。

保持這個斜斜的姿勢好一會後，高龗神揚起嘴角說：『神將騰蛇。』

小怪眯起眼睛，端正姿勢，在它背後的勾陣也整頓好氣息。

『高龗神，我……』

『騰蛇。』高淤神打斷小怪的話，下巴高傲地指著它說：『你以虛假的外表出現在神的面前對嗎？』

小怪被說得啞口無言，白色身軀逐漸被紅色鬥氣包圍。

才一眨眼工夫就顯現原貌的紅蓮，以挑釁的眼神看著高淤。

『我有事問祢。』

『哦？我心情好的話，可能會回答。你問吧！』

紅蓮努力讓呼吸平穩下來，對環抱雙臂冷冷微笑的高淤說：

『有什麼方法可以恢復昌浩的力量？』

高淤和勾陣同時張大了眼睛，這是她們想都沒想到的問題。

紅蓮是認真的。

為了救他，昌浩一度失去了生命。雖然到冥府入口附近又折了回來，卻也因此而失去了某樣東西。

那是昌浩今後的人生絕不能缺少的東西，重要性僅次於生命，沒有任何東西可以取代。

『他以他的生命做為交換，把我的靈魂從瘴氣中救了出來。所以，我無論如何都要回報他。』

小怪說得視死如歸。聽到這番刺耳的話，勾陣垂下了眼睛。

抱著動也不動的白色軀體，昌浩心中只有一個願望。

——回來吧！

現在，騰蛇想取回昌浩因此付出的代價。就像走進了沒有出口的迷宮，在那裡面掙扎。

『只要是我做得到的事，我都願意做，我就是為此回來的。』

金色的眼睛閃耀著亮光，額頭上的金箍是重新封印過的證明。

一陣風吹來，揚起纏繞在騰蛇手臂上的薄絹和勾陣柔順的直髮。

神超越一切的視線，兼具刀刃的銳利與水的平靜，完全看不出心裡的想法。

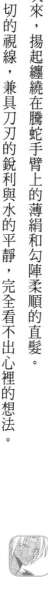

『高龗神，請回答我！』

紅蓮忍不住大喊，高淤表情莊嚴地面向他。

『神將騰蛇，』貴船龍神直視著瞪大眼睛的紅蓮，用冷靜透徹的聲音說：『你說你什麼都願意做，那麼，為此犧牲任何東西你也不在乎嗎？』

『愚蠢的問題。』

紅蓮不假思索地回答，高淤眼中閃過一道雷電般熾烈的光芒。

『那麼，我要你找個人類來當替死鬼。』

『……唔！』

高淤激動但冷漠地對啞口無言的紅蓮說：

『那個無力、天真的人類之子為了救你，毫不猶豫地說願意獻出自己的生命。就是因為他有這樣的覺悟，我高淤才告訴了他把你從瘴氣救出來的方法。』

那孩子獨自來到這裡，做了最痛苦的選擇。

人類的存在比神或妖怪都脆弱、無助、悲哀、無常。

『那是人類之子以悲慟的心情所作的決定，你區區一個神將能為那樣的決心做什麼？你對自己太有自信了，真不知羞恥！』

像被雷擊中般的衝擊貫穿紅蓮的胸口，劇烈的疼痛所形成的傷口，更嚴厲地責備著自己的過錯。

勾陣看到血從紅蓮緊握的拳頭滴下來，尖銳的爪子嵌入掌心，雙手顫抖著。

『那孩子的力量絕對無法恢復，那就是他選擇的末路。企圖顛覆原本的規則，必須付出更大的代價。』高淤平靜地歎口氣說：『或者，為了恢復他的力量，你願意拋棄你的生命，騰蛇？』

紅蓮的眼睛瞬間凍結了，高淤看到他那樣子，歪嘴笑了起來。

『我不能那麼做，那種行為是徹底推翻了他的願望。』

高淤輕盈地站起來，俯視紅蓮和勾陣。

『人類的思考總是那麼傲慢、任性又單純，有時能創造出連神都做不到的奇蹟，所以我看得津津有味。』

人類絕非萬能，最接近萬能的應該就是那顆心吧！

高淤看一眼呆呆站著的紅蓮，瞇起眼睛說：『你該做的事不是恢復他的力量，而是預防可能會發生的悲劇、保護他，不是嗎？在人類手下做事的神將。』

衝擊性的話語震盪著紅蓮的耳朵。

『什麼意思？』

『不久後就知道了……快了，齒輪已經在你們看不見的地方開始轉動了。』

『高淤神！』

『騰蛇，我沒允許你這麼叫我。』

『唔！……』

紅蓮的眼神充滿殺氣，咬牙切齒地看著高淤，勾陣走到他前面制止了他。

『高龗神，我也有事請教祢。』

高淤眨了眨眼睛。

勾陣跟紅蓮相反，應對進退向來很冷靜，聽著剛才的對話，也絲毫沒有撼動她的情緒，黑曜石般的眼睛就像平靜無波的黑暗。

高龗神又穩穩地坐下來，表示願意聽她說。

『在出雲時，我隱約看到昌浩眼底的火焰。』

『哦？』

琉璃色的眼睛閃過嚴峻的光芒。

『我聽說昌浩在這裡向祢借了軻遇突智的火焰……達成目的後，那個火焰怎麼樣了？』

紅蓮屏氣凝神注視著勾陣的耳朵。紅蓮比勾陣高出一個頭，所以必然會形成俯視的狀態。

『火焰……』

高淤重複勾陣的話，沉默下來，垂下眼皮沉思，手指按壓著嘴唇。

『軻遇突智的通天力量對人類來說太過沉重。晴明也很擔心這一點，難道是……』

為了彌補失去的通靈能力，神的火焰還在體內悶燒？

神的力量會侵蝕人類的身體，沒有依附體就不可能發揮的龐大力量，一旦沒了去處，就會從內部開始燃燒人類的身體。

勾陣耐著性子等待回答，因為如果惹惱了神，原本會得到的答案也得不到了。

片刻後，高淤抬起眼睛，直直看著勾陣說：『軻遇突智的火焰早就回到我手上了……沒錯，以人類的感覺來說，就是在二月最後一天的晚上……』

高淤的視線轉向紅蓮。

『也就是在昌浩刺殺那個騰蛇之後。』

昌浩突然覺得全身發冷，驚醒了過來。

『……夢？』

他夢見自己一個人蹲在又黑又冷的地方。

他認得那個地方，那就是很久以前他四處尋找小怪時的黑暗。

那裡又寂寞又冰冷，他要把一個人待在那種地方的紅蓮帶回家。

『小怪？』

在一片漆黑中，沒有使用任何法術的昌浩什麼也看不見。他強忍著等眼睛適應黑暗後，再次環視周遭，還是沒看到小怪。

他從床上爬起來，披上外衣，輕輕打開門呼喚：『小怪？喂，小怪！』

夜還很深，完全看不到天亮的跡象。現在已經是夏天了，天亮得比較早，所以現在應該才丑時或寅時。

他亥時④就上床了，還不算睡眠不足，可是走了很長的路應該很累了，為什麼會醒來呢？

昌浩抓抓頭，頭髮沒有綁起來，散落在臉上。他不耐煩地把頭髮往後撥，皺起了眉頭。

『唔，小怪不在，跑哪去啦？那隻怪物。』

他說得輕鬆，眼裡卻帶著一絲恐懼。

『到底去哪了……』

他走到外廊，坐下來抱住膝蓋。

『……應該會回來吧？』

神將紅蓮沮喪地垂下肩膀佇立著。

『安倍晴明的年紀也大了，最好關心他一下。』

貴船祭神最後留下了這句話，便恢復原來面貌高高飛向了天際。

只要有人呼喚通常會降臨的高龗神，並不經常待在這個地方。整個靈峰貴船山都是她的住處，而且她的原貌是龍，這裡容不下那麼長的龍身。

勾陣看著神已消失的船形岩，低聲說著：『悲劇……昌浩會發生什麼事呢？』

如果真如高淤所說，那麼，現在已經有什麼事發生了。晴明的病會不會也是其中一環呢？

在出雲，她看見了昌浩眼中的火焰，昌浩還說了應該不知道的事。

軻遇突智是天上的神，當然具有昌浩不知道的力量。她原本以為是那個記憶跟弒神的力量一起留在昌浩體內，但是這想法被高龗神全盤否定了。

那麼，那是誰的記憶？那把火焰又是什麼？

太多解不開的謎，線索又少，事情卻快速進展著，這樣下去恐怕只能處於被動的地位。

勾陣嘆口氣，回頭看著紅蓮。

比自己高大壯碩的背部，看起來竟然像個孩子般無助。背部左肩胛骨下方，還殘留著細細的刀痕。

那是被朱雀的『火焰之刃』刺穿的傷痕。十二神將是神的眷族，基本上不會留下傷痕。但是，那個傷痕不一樣，或許會變淡，卻可能一輩子都不會消失。

騰蛇記得弒神的火焰在體內燃燒時的痛苦嗎？如果記得，或許能減輕他心裡的負擔和折磨。

遺忘的記憶反而會讓他更加自責。

突然，紅蓮低聲說著什麼，微弱到快被風捲走了。

『……勾……』

『嗯？』

紅蓮沒有回頭，把手放在額頭上說：『我……我能為他做什麼？』

昌浩說他要成為最頂尖的陰陽師，因為他答應過紅蓮，所以他會努力。

那麼，紅蓮能為昌浩做什麼呢？

紅蓮發過誓，只要他那麼希望，自己就會盡全力協助他、保護他，犧牲生命也在所不惜。

這個誓言至今不變，仍埋藏在心底最深處，跟晴明給他的名字『紅蓮』這個至寶同樣都是無可取代的存在。

勾陣縮回伸向他的手，垂下視線。她協助昌浩，不是為了看到這樣的背影。

『照你所希望的去做。』

聽到這個嚴肅而平靜的回答，紅蓮偏過頭看著勾陣。

在金色雙眸的注視下，勾陣一個字、一個字深思熟慮地說：『昌浩就是這麼做的，所以，騰蛇，你也只要忠於你的心就行了……如果覺得怎麼樣都做不來……』勾陣把手放在胸前，毅然決然地說：『只要開口尋求協助就行了。』

『如果我開口了……』

『我就會盡全力協助你。』

『是嗎？……』

紅蓮仰望天際。

回想起來，自他誕生以來歷經漫長歲月，還不曾當面拜託過同袍十二神將任何事。

從他現在才察覺這種事，可以看出他有多孤僻，對以前的他來說，獨處是很理所當然的事。

是無力的人類青年向這樣的騰蛇伸出了溫暖的手，而改變騰蛇本性的也是天真爛漫的人類小孩。

無論發生什麼事，那雙手都會毫不猶豫地伸向他，指出一條該走的路，輕而易舉把他從遙遙無盡頭的迷失道路拉出來。

就像永不褪色的光之導引。

紅蓮仰望著黑夜，瞇起眼睛。

他能為昌浩做什麼呢？

雖然找回了記憶，卻掌握不住距離感。他很想接近昌浩，心底深處卻有某種東西讓他猶豫不決。

是因為那段空白的時間嗎？還是更深的罪惡感不允許他那麼做？

他知道昌浩偶爾會欲言又止地看著自己。

以前的小怪是怎麼樣跟昌浩交談呢？是以什麼樣的態度相處、又是怎麼樣的反應呢？

一切都那麼遙遠、模糊。

是的，他覺得恐懼。

那孩子犧牲生命救回來的這個靈魂，是否有那樣的價值？自己的生存方式是否不會愧對那個閃亮的生命？

『想太多會變得放不開哦！』

耳邊響起低語聲。

他低下頭，看到一雙坦然望著自己的眼睛——那是勾陣的雙眼。

風吹起她柔順的黑髮，瞬間露出了額頭上那道原本被頭髮掩蓋住的傷痕。

『那……會消失嗎？』

『嗯？』

紅蓮伸手撥開她的頭髮，她才了解紅蓮的意思，偏著頭說：

『會啊……如果沒消失，你最好有心理準備。』

『知道了……』

紅蓮嘆口氣說，勾陣淡淡笑了起來。

小怪的陰陽講座

④丑時是半夜一點到三點，寅時是凌晨三點到五點。另外，亥時是晚上九點到十一點之間。

8

與外界隔絕的聖域，時間的流逝優閒得出人意料。
是不是照耀這裡的陽光跟人界不一樣呢？
玄武仰望無際的天空，露出困惑的表情。
『千引磐石果然是邊界嗎？那麼從這裡可以去高天原⑤囉？』
不過，如果是這樣，就變成高天原與黃泉相連接了。根據神話傳說，黃泉是在地底下，這樣不就產生矛盾了？
『嗯，大難題。』
『你嘀嘀咕咕在說什麼啊？』
沉默寡言的六合不耐煩地看著玄武。
以人類時間來說，他們是在一個月前被邀請來這個道反聖域，但是感覺上好像還不到十天，可能是因為在神之膝下，所以時間的流逝跟人界有很大的落差。

一般人長期待在這裡，恐怕後果會不堪設想。回想起來，五十多年前發生那件事時，晴明也沒在這裡多逗留，住在千引磐石外面，應該就是這個原因。

傳來拍響竹子般的撲簌撲簌聲。

回頭一看，道反的守護妖大蜈蚣正移動著幾百對腳走向他們。

『這邊完成了嗎？』

玄武鄭重地點點頭說：『嗯，應該連瘴氣的殘渣都清乾淨了。』

環視聖域一圈，玄武又皺眉說：『守護妖的數量好像不太夠，以後不會有麻煩嗎？』

被瘴氣玷污的道反聖域是由守護妖們作淨化。但是聖域太大了，光靠它們稍嫌人手不足。

並沒有人要求來訪的六合與玄武做什麼，但是，在蜥蜴和大蜈蚣無言的視線半威脅下，他們只好自己說願意協助淨化。

還有一隻大蜘蛛也是道反的守護妖，但是，那隻大蜘蛛在不久前的戰役中陣亡了。另外一隻小烏鴉也死了，現在只剩下這隻大蜈蚣和一隻蜥蜴保護道反女巫。

大蜈蚣配合玄武的視線高度低下頭。

『不用擔心，女巫說會要求天神派新的守護妖來。光我們兩個的確有點危險，很快就會有同袍誕生了。』

『那就好，我也會把這件事告訴晴明，他一直很擔心。』
『這樣啊……』大蜈蚣點點頭，催促他們說：『女巫要見你們，去正殿吧！』
玄武點點頭，突然想起什麼，擔心地問：『對了，大蜈蚣。』
『嗯？』
有個地方在聖域深處，他們都被交代過不可以進去。從樹木縫隙間可以看到藍色的屋頂，玄武指著那個屋頂抬頭看著大蜈蚣說：
『那棟建築物是什麼？看起來好像沒人住，卻籠罩著清靜的氣。』
六合循著玄武的手指望過去，黃褐色的眼睛沒有流露出任何感情，瞬間眨了一下。
被問的大蜈蚣看了六合一眼。
『……』
看到炯炯發亮的紅色視線射穿六合，玄武倒抽一口氣，全身緊繃起來。
那是殺氣？……
一陣寒意掠過背部，玄武想應該是自己太敏感，把視線移回藍色屋頂。
大蜈蚣緩緩移動頭部，觸角跟著搖晃起來，望向藍色屋頂的宮殿。
『那是……我們公主成長的地方，現在，她靜靜地在那裡沉睡。』
玄武聽懂了大蜈蚣話中的意思，張大眼睛說：『那麼，是殯宮？』

難怪守護妖不准他們接近那個宮殿。
所謂『殯』是指達官貴人在正式喪禮前，先將屍體放入棺木中供人祭拜，而放置棺木的地方就稱為『殯宮』。
守護妖們所說的『公主』，就是不久前死去的風音。
玄武看看六合。在六合胸前搖晃的紅色勾玉原本是她的東西，是她的母親道反女巫交給了六合保管，也就是風音的遺物。
『對不起……』玄武有種不祥的預感，覺得身體微微發冷，他不敢看大蜈蚣，視線若無其事地游移著。『問了不該問的事，請不要放在心上。』
『女巫在等你們，請往這邊走。』
幾百對腳窸窸窣窣響著。玄武把視線從帶路的大蜈蚣的背影移到六合身上，看到他正注視著藍色宮殿。
因為是背對著玄武，所以玄武看不到他的表情，但是籠罩在他身上的氣氛讓人猶豫該不該叫他。
玄武默默轉過身。六合不會迷路，丟下他，他應該也不會生氣。
最好還是讓他獨處一下吧？玄武不禁這麼想。

玄武與六合跟女巫會談後，就離開了道反聖域。

他們把晴明的話確實傳達給女巫，再帶著女巫交給他們的東西，回到了主人正在等候他們的京城。

✦ ✦ ✦

天快亮了。

低著頭的昌浩聽到一陣輕輕的腳步聲，抬起頭來，眼前是張大眼睛呆呆站著的小怪。

『小怪，回來了啊？』

昌浩鬆了口氣，小怪驚慌地衝向他。

『你在這裡做什麼？』

『我醒過來沒看到你，不知道你去哪了，睡不著，就在這裡等你。』

小怪看著笑盈盈的昌浩，突然低下頭，瞇起了眼睛。

看到這樣的小怪，昌浩伸出手來，一把抱起了白色身軀。

『嘿喲……啊！好溫暖，到了五月中旬，晚上還是有點冷。』

他在小怪頭上亂抓一通，再把下巴搭在小怪身上，垂下了視線。

『小怪好溫暖，冬天用來當圍巾再好不過了，寒風刺骨時還可以用來代替溫石。除了夏天有點熱之外，春秋冬都很有用，不愧是隻怪物。』

『——』

小怪沒有回應。

昌浩眨眨眼睛，強忍著不讓憂鬱在眼底深處轉變成熱淚。

小怪自己大概沒有察覺吧？

以前，這時候的小怪一定會大聲吼回去。

——不要叫我怪物，晴明的孫子！

有距離感。明明就在身邊，感覺卻好遙遠。

冷漠的視線會讓他心痛，生澀的聲音也會扎刺他的心；但是，現在最讓他感到悲哀的是小怪什麼話都不說。

他不希望小怪覺得歉疚，結果好像還是造成了小怪的歉疚感。

他把下巴搭在小怪的頭上，抬頭看著天空。

『天快亮了……』

『嗯……』

就像黎明一定會到來，這種難過的心情是不是也有一天會消失呢？

『昌浩，你明天再進宮就行了。』

吃早餐時，吉昌這麼說。

『博士有向我提出這樣的申請。對了，成親原本打算休假，可是曆生們強烈反對，他只好心不甘情不願地出仕去了。』

不過他是博士，那麼做也是應該的。

吉昌說得毫不留情，這也是有原因的。成親好不容易回到京城，還來過安倍家一次，卻沒有等他回來就走了。他覺得成親既然平安回來了，就應該等到他回來，向他報平安。

他知道成親也有家人在等待，那是沒辦法的事，可是人都到了安倍家竟然沒等他，還是讓他有點生氣。昨天成親又被堆積如山的工作淹沒，一步也沒跨出部門，所以他到現在都還沒見到成親。

他是成親的父親，當然會擔心成親，希望看到兒子平安回來。還好，昌浩住在這個家裡，所以父親從宮裡回來時，他有乖乖出來迎接父親。

『啊！哥哥好辛苦……』

昌浩覺得哥哥好像已經忙到快超過忍耐的臨界點要發瘋了，所以他真的是打從心底這麼想。

總之，昌浩可以休到今天。既然這樣，他有事要做。

吃完早餐後，昌浩走向晴明的房間。

晴明今天的身體狀況和心情好像都不錯，起床換上了狩衣。好久沒看到祖父這樣挺直背坐在矮桌前看書了，昌浩覺得很開心。

『爺爺，早安。』

『嗯，聽說你今天休假。』

『是的，我想去土御門府看看。』

『嗯？』

晴明把視線從書本移開，轉向昌浩。站在他斜後方的昌浩已經換上狩衣、戴上烏紗帽，做好出發的準備了。

『我有點擔心爺爺感覺到的視線……呃，我現在「看不見」，可能幫不了什麼忙，但還是可以靠感覺，所以我想去調查看看。』

爺爺病倒後還沒去過土御門府吧？

聽到昌浩這麼做總結，晴明環抱雙臂沉思起來。

今天早上，晴明收到了水的波動，是玄武釋放出來的，通知晴明他們就快回來了，所以晴明思考著該不該等他們回來。如果道反女巫聽到他的要求，有給他回應的話，那麼最好等他們回來。

『而且……』晴明還來不及開口，昌浩已經先搔著脖子說：『彰子也拜託我去。』

『哦？她怎麼說？』

爺爺瞇成一條線的眼睛和充滿好奇的語調，讓昌浩猶豫了一下，最後還是老實回答：『她說她擔心住在土御門府的藤壺中宮，希望我去保護她的安全……』

還有，應該是見不到她，但是……

——如果見到了，請溫柔地對待她。

彰子有種什麼都不能做的焦躁感，所以那是她發自內心的話。昌浩深切感受到她的心情，毫不猶豫便答應了她。

『已經施行過祈求病癒的法術，老實說，沒有我可以做的事了。不過，萬一有妖魔鬼怪纏上沒有通靈能力的中宮就不好了，如果有的話……』

昌浩轉向身旁的怪物。

『我想拜託小怪，好好教訓那些妖魔鬼怪。』

『我？』

小怪半瞇起眼睛抗議，昌浩不理它，又轉向晴明說：『所以我要出門了。』

『去是可以，但是最好黃昏時再去。』

聽到這麼突然的結論，昌浩眨了眨眼睛。

『咦？為什麼？』

晴明拿起矮桌上的檜木摺扇，用合起來的扇子前端指著昌浩，瞇起眼睛說：

『當然要傍晚再去，你這個笨蛋，我一看就知道你昨晚沒睡好！』

爺爺果然是千里眼，昌浩和小怪都啞口無言。

無話可說的昌浩只能聽從晴明的指示。

五月的白天變長了，快到夏至是原因之一，因為一年中就是這個季節的白天最長。

黃昏時分，正打算出門的昌浩被母親叫住，先吃了晚餐。他也不想餓倒在半路上，所以乖乖把飯都吃完了。

『我走了，可能會很晚才回來，妳要先睡哦！』

『嗯，我會的，你小心走。』

彰子在外廊送他，他向她點點頭，奮力爬上圍牆跳下去。

『好久沒這麼做了。』

『是啊！』

翩然落地的小怪表示同意。他們旁邊有勾陣隱形陪伴著，所以發生任何事應該都還能應付。

回想起來，這還是勾陣第一次陪他們夜巡。昌浩想到這件事，視線在半空中游移。

『怎麼了？』

勾陣顯現身影。昌浩偏著頭說：『沒什麼，只是覺得不太好。小怪是每次都會跟，六合也已經變成習慣了……也許我應該先跟爺爺報備一聲。』

『沒必要，我跟晴明說過了。』勾陣爽朗地說，抿嘴一笑。『光騰蛇跟著就夠了，但是，我對你的夜巡也有點興趣。』

『啊！原來如此。』

昌浩理解地點點頭，勾陣就消失不見了。

從土御門大路直直往東走就是土御門府，時間差不多過了戌時⑥。日落西山，西邊天際還透著些夕陽餘暉，但是很快就會被黑夜取代了。

昌浩使用了暗視術。看不到鬼神是讓他有些不安，但是在出雲靜養後，體力和靈力都已經復元，除了『看不到』之外，應該都還能應付自如。出雲是眾神棲息之地，靈性比京城強，或許也是一大助益。

小怪不解地問：『昌浩，可以明天再來啊！為什麼這麼急著來？』

『咦？……』昌浩回答不出來，眨了眨眼睛，思考了好一會，還是說不出確切的答案。『就是覺得……最好早點來……』

晴明是在四月中旬病倒。昌浩和成親儘可能提早趕回了京城，所以現在是五月中旬。

應該快滿月了，可是今天是陰天，看不見月亮也看不見星星。

昌浩下意識地抬頭仰望天空，瞇起了眼睛。

『爺爺病倒快一個月了……』

他總覺得要快，要盡快來土御門府看看。

好像自己體內有另一個人，敲響警鐘催促著他。

小怪皺起眉頭，心想：這難道是陰陽師的直覺？

昌浩是陰陽師，如果『看不見』反而增強了他具有的其他法力，那麼，最好相信這樣的警覺。

而且它也擔心晴明在土御門府感覺到的『視線』。

小怪點點頭，轉身說：『到了土御門府也進不去，你打算怎麼做？』

『在外面繞一圈探探情況……』

昌浩說到一半，突然眨了眨眼睛。他聽到什麼聲音。

是嘎啦嘎啦逐漸接近的車輪聲，還帶著愈來愈強烈的妖氣。沒有惡意，是很熟悉親切的妖氣。

『啊……』

昌浩努力環視周遭，明明感覺很近了，卻什麼也沒看到，他焦躁地咬了咬牙。

從昌浩的模樣和車輪聲，小怪也察覺到了他的焦躁，很快移動視線，舉起了前腳說：『在那邊，在那附近，停下來了。』

昌浩跑向與土御門府相反的方向。

一条戾橋是在流經安倍家前的堀川上，小怪清楚看到妖車矯捷地從橋下爬上來的模樣。

『車之輔！』

妖車是昌浩納入旗下的第一個式鬼，看不見的他這麼呼喚，妖車就開心地嘎吱嘎吱搖晃著車轅，彷彿在告訴他：『是的，我就在這裡。』他伸出手來測量距離。

『再向前一步，對、對。』

什麼都看不見的空間裡，有了扎實的觸感。昌浩移動他的手確認車之輔的位置。雖然看不見，還是可以用摸的。昌浩觸摸著它，用手感受直徑高過自己的巨大車輪和又寬又堅固的車壁，愁眉苦臉地說：『車之輔……對不起，我現在看不見你。』

在車輪中央笑得很親熱的鬼頭，驚訝地張大了眼睛。

車之輔不會說人類的語言，但是可以透過小怪或小妖們作溝通。

妖車把車軛搖得嘎吱嘎吱作響逼問昌浩腳邊的小怪時，後面的簾子突然用力搖晃起來，從裡面跑出了好幾隻小妖。它們本來想躲在裡面嚇昌浩，但是聽到昌浩出乎意料的表白，就迫不及待地衝出來了。

『你說真的嗎？孫子——！』

昌浩的確看不見，但是他聽得見聲音，也感覺得到氣息。

就在他反射性地往後退一步時，感覺前面有什麼東西大量掉落下來。

『唔！』

白色身體被看不見的東西壓扁了。

昌浩啞然看著小怪揮動手腳拚命掙扎的樣子，恍然大悟地喃喃說著：

『原來如此，這就是一天一壓啊……』

發生在他人身上時，看起來的確很好玩，壓的那一方應該也很開心。

不過，僅限於發生在他人身上時。

第一次被壓的小怪比昌浩嬌小，所以在小妖山下怎麼掙扎都沒有用。再也看不下去的昌浩，像平常六合拖他出來那樣，把小怪拖了出來，小怪立刻生氣抗議：

『喂！你們幹嘛不去壓昌浩？』

『等等，怪物的小怪，我非常不能同意這句話。』

『不要叫我小怪！』

怪物齜牙咧嘴瞪著小妖們說：『要壓就去壓他，不然就不要壓，搞清楚嘛，混帳！』

堆成山的小妖們呻吟了好一會。

『唔—唔—唔—唔。』

『沒辦法啊……』

支支吾吾的小妖中，有一隻嘟起嘴說：『壓看不見的人，不道德嘛！』

『……』

夕陽色的眼睛半瞇起來。

什麼道德嘛！不過是妖怪，竟然說那種大道理。

小怪在嘴裡唸唸有詞，但是沒有發出聲音。大概是臉上雖然寫著不滿，卻覺得小妖們說得也有道理，就不再追究了。

昌浩感慨地嘆了口氣，伸手撫摸散發著惶恐氛圍的車之輔的頭。他摸到兩隻角，心想溫馴的妖車現在一定是不知所措的表情，因為他看到了妖車平常會小心不顯現出來的灰藍鬼火，這個鬼火一般人也看得到，妖車應該是為他燃燒的。

『真的很對不起，我知道你在這裡，可是因為「看不見」，所以在某些小地方還是很不方便，也可能帶給你麻煩，所以……你可以不要再當我的式鬼。』
聽到主人的話，車之輔左右搖晃車轅，像是在說不要這麼說。
『它說主人就是主人。』
這麼翻譯的是小妖們，小怪又皺起了眉頭。
『式神啊！剛才那一壓偶爾也是不錯的經驗吧？』
『沒錯沒錯，試一次不會有損失啦！』
『如果你想的話，下次可以給你跟孫子同時來個盛大一壓。』
『吵死人啦！』小怪大叫，轉向昌浩說：『走啦！昌浩，再跟這些傢伙耗下去，天都亮啦！』
『嗯，小怪說得對，時間不多了。』
昌浩點點頭，摸摸車之輔的頭。回想起來，這是他第一次摸車之輔的頭。平常搭乘時只摸過它的車軛、車轅和車輪，總覺得不好意思摸它的頭或臉。
『今天不用麻煩你，我要出去一下。你在橋下休息吧！有事我會叫你。』
車之輔乖乖聽話，回到了戾橋下。
看著這一切的小妖們，揮手目送昌浩和小怪往東走後，彼此互望。
『他說他看不見了，很糟糕呢！』

『就是啊，我們也會覺得很無聊。』

小妖們嘰嘰喳喳說得口沫橫飛，其中一隻憂慮地嘟囔著：『唔……嗯……』

『喂，怎麼了？』

同伴們注意到它的模樣，都把目光集中在它身上。

三隻角的猿鬼瞇起一隻眼睛，扭動脖子說：『我總覺得他的樣子不對……不，不是樣子，是氣息不對，好像另一種東西的氣息。』

『氣息？』同伴們異口同聲地問。

猿鬼困惑地點點頭說：『好像跟我們很像……不應該會這樣啊……』

小怪的陰陽講座

⑤在日本神話中，天神居住的天上之國是『高天原』，由天照大神統治。

⑥戌時指晚上七時至九時。

9

土御門府位於京城的角落，面積跟東三条府差不多。建築物也很大，寢殿周遭圍繞著很多的對屋、附屬屋，庭院也很寬闊。跟東三条府一樣有流水、有水池，但是水池稍微小一點。

『寢殿前的庭院很大，大概是因為庭院大比較方便舉辦宴會吧！』

曾經進去過一次的小怪，走在昌浩旁邊，邊走邊作解說。

昌浩欽佩地說：『原來連那種事都考慮到了啊！大貴族真辛苦，要想到那麼細的地方。』

安倍家從來不請家族以外的人來舉辦宴會。家族聚會也都是在正月，而且不是大家一起來，是在大約相同的時段陸陸續續來拜年。

以晴明和吉昌的身分來說，安倍家算是很大了。因為是祖傳的房子，所以昌浩從來沒想過這件事。

出仕後他才漸漸知道，安倍家是相當特殊的例子。因為據昌浩所知，晴明以前的祖先沒有人的官位超過五位以上，連上清涼殿的資格都沒有。這樣的安倍家怎麼能在那麼

大的土地上蓋房子？

這是個謎。

『喂！昌浩，你看。』

『咦？』

小怪充滿緊張的聲音，把昌浩東想西想的思緒拉回了現實。

夕陽色的眼睛警戒地盯著前方，昌浩循著它的視線望過去，看到一個頭戴斗笠、穿袈裟的男人。

昌浩訝異地眯起眼睛，覺得在哪見過，那是誰呢？

在記憶中搜尋片刻後，昌浩終於想起來，驚訝地大叫：

『是在正月遇到的怪和尚！』

怪和尚停下腳步，緩緩轉過頭來，用錫杖前端頂起斗笠。

衝著昌浩笑的怪和尚，大約三十歲或更大，也說不定跟昌浩的父親吉昌差不多年紀。瘦削的臉說是精悍不如說是會給人壓迫感，看著昌浩的眼神冷酷得像冰刃。肌肉比吉昌結實，體格看起來不錯。身高沒有紅蓮等十二神將高，但是至少比昌浩高五寸以上。

和尚緩緩開口說：

『安倍之子，你果然出現了。是時候了，那個老頭快死了，現在是最好的時機。』

『你說什麼?!』

昌浩氣得大吼，和尚咯咯竊笑著。

『不過你還不成氣候，要解決你太容易了。』

『住口！』小怪一個箭步向前說：『這孩子在安倍家族中也算得上是出類拔萃，不管你想對他怎麼樣，我都不會讓你得逞！』

和尚默默用錫杖撞擊地面，小金屬環噹鈴作響。

昌浩和小怪都嚴陣以待。

晴明感覺到的視線，據說還飄蕩著黑影的氣息。

昌浩和小怪想起在正月時曾經遇過這個怪和尚。他利用藤原一族的孩子，讓幻妖攻擊了左大臣家的長子⑦。那時候，在直接對決前，他就消失了蹤影。

這傢伙的法力很可怕，絕不能掉以輕心。

和尚原本斜眼看著嚴陣以待的兩人，這時突然轉身跑了。

『慢著！……』

兩人遲疑了一會，趕緊追上去。

男人的年紀至少比昌浩大兩倍，腳程卻相當快，距離愈拉愈遠。

『可惡！』

昌浩和小怪全力急追，不知不覺跑過了土御門府。

和尚穿過京極大路，跑向京城外，昌浩他們也毫不猶豫地跟上去。

與其在京城裡對峙，還不如在人煙稀少的郊外。因為發生法術大戰時，最好能避免波及周遭。

經過法成寺，來到鴨川河岸時，和尚才停下腳步，轉身面對昌浩他們。跑了那麼長一段路，男人還是臉不紅氣不喘。

昌浩卻喘得肩膀上下抖動，額頭冒汗。

『他是怪物啊？……』

小怪厭惡地回答：『他是個和尚，應該鍛鍊得不錯吧！不管寺廟是在高野、比叡或鞍馬，都是在深山中。』

『原來如此……』

努力調整呼吸後，昌浩逐漸縮短了與和尚之間的距離。

昌浩使用了暗視術，所以夜晚也看得很清楚。那對方呢？是不是也跟自己一樣使用法術擴大了視野？如果不是，自己這邊就佔了很大的優勢。

『嗡……』

就在他低聲唸咒結印時，和尚的錫杖發出銳利的聲響。錫杖撞擊地面，杖頭的幾個小金屬環搖晃得厲害，摩擦出金屬聲。

昌浩提高了警覺。以前，這個聲音曾經化為實際的力量攻擊了他。

大概是從昌浩的表情看出了端倪，和尚揚起嘴角冷冷地說：

『你太天真啦！臭小子。』

『什麼？』

瞬間，法力膨脹爆開來，捲起了強風。

昌浩立刻舉起手來遮擋，但還是被強風颳得全身疼痛。

耳朵旁突然『鏘』地一聲，強烈耳鳴貫穿大腦，昌浩慘叫著摀住了耳朵。

周遭出現了變化。

原本風徐徐吹著的河岸，突然鴉雀無聲，流動的河水像凍結般靜止了，剛才清楚聽到的聲音全都消失了，奇妙的壓力襲向了昌浩和小怪。

『被封入結界裡了？』

勾陣現身咂了咂舌，和尚發現她，斗笠下的眼睛瞇了起來。

『十二神將……你果然是那個老頭的孫子。』

以前遇到時，與他對峙的是神將六合，但是目前他在出雲，還沒回來。

小怪全身冒出紅色鬥氣，白色異形變回了修長的原貌。

看到他變身，和尚摘下斗笠拋了出去。

『原來你也是神將，真有趣。可以跟赫赫有名的安倍晴明的式神對決，真是難得的機會。』

『你說這句話會後悔的。』

神氣就要從紅蓮全身迸放出來時，卻被昌浩制止了。

『紅蓮，你退下。』

金色眼睛回頭看著昌浩，昌浩打斷正要開口的他，前進了幾步。

『對方是人類，儘管來歷不明也是人類。』

『那麼……』紅蓮的手上燃起火焰，『讓我破了這個結界！』

瞬間，錫杖撞擊地面，發出銳利的聲響。

『你休想！』

和尚狠狠地說，高高舉起了錫杖。

像收到了信號般，無數黑色野獸突然出現在和尚周圍。

『幻妖！』

幻妖們像呼應昌浩的叫喊般，同時撲了上來。

紅蓮和勾陣都擺出了迎戰的架式。對方如果是人類就不能出手，既然是幻妖就另當別論了。
『十二神將，我說過不會讓你們得逞。』
和尚把手舉到胸前結印，低聲唸著咒文。聲音被幻妖的怒吼淹沒，昌浩聽不見他在唸什麼，只覺得酷似戰慄的東西掠過背脊。
『什麼？……』
幻妖逐漸逼近驚訝的昌浩。
『可惡！……』
就在他急著結印的瞬間，視野突然閃了一下。
『咦……』
幻妖不見了。不，不對，是昌浩看不見了！
緊接著，沉重的壓力壓在身上。
他支撐不住而跪了下來，雙肩的壓力更重了，壓得他動彈不得。
『你！……』
聽到低吼聲，昌浩驚訝地移動視線。紅蓮跟勾陣也一樣，被法術重重壓住了。
拚命扭動脖子的昌浩倒抽了一口氣。
『紅蓮……勾陣！……』

難以置信的情景呈現在他眼前。

無數的藤蔓從地面伸出來，捆住了兩名神將。不只是纏繞而已，還愈勒愈緊，藤蔓上的荊棘都刺進了皮膚裡。

『什麼……』

沉重的壓力更強烈地壓在全身，紅蓮和勾陣也一樣，都無力地跪下來，膝蓋陷入了地面。

承受不了重壓的沙粒碎開來，揚起塵埃。如果勉強改變姿態，荊棘反而會刺進肉裡更深處，撕裂皮膚，使鮮血直流，逐漸染紅了白色沙粒。

『唔……』

勾陣痛得秀麗的臉都扭曲了，纏住喉嚨的藤蔓讓她快要不能呼吸，向後仰的脖子被勒得皮綻肉開。

『唔……你……！』

緊緊綁住四肢的藤蔓，力道愈來愈強，把兩名神將扯倒在地上，勒住脖子、胸部的力量增強，快不能呼吸了。

『這世上也有所謂的「封神術」，你們竟然不知道，太丟臉了。』

和尚嘲笑地說。

這個結界不只隔開了現場與外界，同時也是一個牢籠，用來壓制在眾神中排在末位的十二神將的神通力。

昌浩大驚失色，他不相信人類可以操控壓制神將的神通力的法術。

除了安倍晴明外，竟然還有法術這麼高超的人。

『紅蓮、勾陣……』

壓力突然增強，快把骨頭壓碎了。昌浩用手撐住身體，不讓自己倒下來，他奮力抬起頭，看到男人神態輕鬆地注視著他們。

『我聽說過，安倍晴明率領的十二神將必須遵守天條，不能傷害或殺害人類，所以沒必要除去他們。但是，我怕留下他們還是會壞了我的大事。』

『唔！……』

昌浩默默回瞪和尚。這時候壓力還是持續增強，幾乎壓垮全身，他使出渾身力量把壓力頂回去，等待反擊的時機。

『喲……還不放棄啊！臭小子，你太不自量力了。』

和尚橫掃錫杖。

『鏘』的耳鳴聲更強烈了，沒多久，昌浩覺得有東西逐漸逼近，而且帶著跟重壓完全不同的強烈衝擊。

無數看不見的固體襲向了昌浩，散發著幻妖的氣息。所以，幻妖不是不見了，只是昌浩看不見而已。

『唔！……』

胸口彷彿被捶了一拳，喘不過氣來。用力撐住的膝蓋再也承受不了壓力，昌浩整個人趴在沙粒上，但是，強烈的壓力絲毫沒有減弱，快要把他壓扁了，已經撐到極限的骨骼開始嘎吱作響。

『昌……浩！……』

斷斷續續叫喚的紅蓮，掙扎著想站起來。他全身冒著火焰鬥氣，把凌亂的頭髮煽得倒豎起來，額頭的金箍也閃爍著微弱的光芒。

『哼……』

勾陣用力扭動脖子，瞪著和尚。

那是超越她想像的法力。區區一個人類，怎麼可能擁有那樣的力量？是與生俱來的靈力就很強大嗎？但是，擁有這種力量的人類，據她所知只有一個。

這個和尚佈下結界、變出幻妖，還封死了昌浩，甚至連兩名神將也不放過，而且他們不是普通神將，是十二神將中最強與第二強的鬥將。

可以不費吹灰之力一次完成這些事的法力，絕對不屬於人類。

『嗡……馬卡拉亞……巴左洛……休尼夏……巴喳……唔！……』

真言中斷了。昌浩無法完成努力想施放的法術，痛苦得扭曲著臉。

『……呼……吁……』

他無法呼吸，肺部遭到壓迫，氣管被阻塞了。耳中響起心跳的聲音，跳得好快。

敲打耳朵的聲音破風而去，說時遲那時快，一陣衝擊襲來。

在耳朵聽見幻妖的嘶吼前，昌浩的身體已經被彈飛出去了。

『……騰……蛇！……』

聽到叫聲，紅蓮將視線轉向勾陣，勾陣也以金色眼睛回看他。就在這時候，勾陣的神氣傳到紅蓮的四肢，環繞攀纏著。

捆住紅蓮的藤蔓被勾陣的神氣推開，瞬間硬化。紅蓮的火焰乘機爆發，藤蔓轉眼間就被燒成了灰燼。

燃燒的紅紅火蛇肆虐，粉碎了勾陣被施加的咒縛，她邊咳嗽邊站起來。

『昌浩！……』

環視周遭後，她用左手拔出了筆架叉，強撐起虛弱的膝蓋，跳向正要咬斷昌浩脖子的幻妖。

和尚用法力隱藏了幻妖，但是神將還是看得到。

『混帳——！』

紅蓮的眼睛轉為深紅，激昂的神氣撼動結界，使空間產生了震盪。

和尚把手伸入懷中，露出猙獰的笑容，絲毫不為所動。

『只做到這樣果然不行，沒辦法……』他從懷中拿出黑色絲線般的東西，喃喃說著：『雖然不太想這麼做，還是試試凌壽的力量吧！看看能做到什麼程度。』

靠勾陣扶持勉強站起來的昌浩，看到和尚手上的東西，屏住了氣息。

無法形容的寒意掠過背脊。

『什麼？……』

他不由得看著紅蓮的背部。

從激動的紅蓮身上冒出來的怒氣充斥著灼熱氣息，對方若不是紅蓮，恐怕連昌浩都會嚇得把身體縮起來。

那個和尚應該也感覺得到十二神將中最強的鬥將釋放出來的鬥氣，卻顯得毫不在乎，為什麼呢？

『喂！安倍之子。』大概是注意到昌浩疑惑的視線，和尚冷冷地說：『他們的存在毫無意義吧？』

和尚指的是十二神將。

昌浩顧不得身上的劇痛，怒氣沖沖地大叫：『你說什麼?!』

『我說他們很礙眼，不只他們，安倍晴明和你也一樣。』

和尚的表情現在才轉變成陰沉的憤怒。

『凡是阻撓我的人都很礙眼！』

手上的黑絲線像有自己的意志似的，劇烈扭擺起來。

被拋出去的絲線逐漸膨脹，像蛇一樣在昌浩他們周圍旋繞。

絲線散發的妖氣，令昌浩他們倒抽了一口氣。

『是詛咒器具？不，不對，這……』

這不是詛咒器具。

散發出來的妖氣十分劇烈，與和尚的法力不成比例。

已經被解除的束縛又出現了，瞬間比剛才更強烈地捆住了三個人的身體。纏繞全身的黑色絲線帶著奇妙的光澤，碰觸到哪裡就吸走哪裡的精氣。

『這是……頭髮？……』

昌浩的聲音嘶啞，寒氣侵入全身，思想、力氣很快就被連根拔除了。他像貧血一樣跪了下來，努力保持逐漸模糊的意識，呼喊紅蓮和勾陣的名字。

『紅蓮……勾……』

但是，連聲音都出不來。

施加在紅蓮和勾陣身上的壓力比剛才更沉重了，不可能有人類可以如此徹底地封住十二神將的力量。

『勾……』

紅蓮低聲呻吟，勾陣只轉動眼睛回應他。從紅蓮咬得滲出血來的嘴唇，發出了淒厲的聲音：『那傢伙……是人類……還是怪物？……』

那是超越人類的法力，是人類絕對不可能擁有的妖力。在他們周圍盤旋的幻妖，正等著獵物耗盡體力。

但是，那個和尚……

『那個傢伙……不是怪物……』

的確是個人類——紅蓮只看到勾陣這麼說的嘴形，因為她的喉嚨被恐怖的頭髮勒住，發不出聲音來。

十二神將要遵守天條，不能傷害或殺害人類，因為那種行為等於否定了十二神將的存在。神將是來自人們的想像，有人的心才有神將。

但是……

紅蓮使出全身力量，金箍抗拒地發出淡淡的亮光。

深紅的眼睛綻放著酷烈的光芒。

這個來歷不明的人充滿了殺意、敵意，他沒有道理毫不抵抗地任人宰割。

更何況……

『紅蓮……不行！』

快不支倒地的昌浩察覺紅蓮的意圖，發出嘶啞的聲音。

不行，不能再讓紅蓮觸犯天條。紅蓮現在正打算那麼做，而且不是為了別人，正是為了昌浩。

他第一次告訴昌浩自己曾經觸犯天條，是在一個積雪很深的冬天。昌浩不禁想起他當時無助的模樣。

在出雲恢復記憶的紅蓮有多自責，昌浩都知道。如果可以永遠遺忘，他一定會輕鬆許多。但是，昌浩不得不說：對不起，我很開心，我真的很開心你想起來了，明知不該這麼開心，卻還是忍不住覺得開心，所以……

『不行！……』

昌浩拚命掙扎著想站起來，但是，和尚施加在他身上的法力太驚人，不但一點都沒有減弱，還愈來愈強。

他看到紅蓮搖著頭，全身燃放鬥氣。

看著紅蓮的勾陣眼帶兇光，滿臉痛楚。

昌浩緊咬牙關，椎心泣血地大叫：『不行！……』

他的力量不足，如果是爺爺就不會把神將逼到這種地步。

那個和尚的法力太強了，他贏不了，覺得自己真的很無能，現在又看不見鬼神。即使看得見，說不定也改變不了目前的困境。

是自己的無能害了十二神將。

他們……尤其是紅蓮，為了自己一次又一次地觸犯了天條。

心跳的聲音又沉又重。

『絕對……不可以！』

——灰白色的火焰在體內深處燃起。

最近常常做令人懷念的夢。

靠著憑几的晴明，猛然張開了眼睛。

『糟糕……睡著了啊……』

一起身，外衣就從肩上滑落下來。

白虎隨侍在側，應該是他怕晴明感冒，替晴明披上了外衣。

自從上次昏倒後，晴明就覺得神將對自己有點保護過度。夏天都過一半了，在這種季節偶爾打個盹，應該還不至於感冒。

『今天是比較涼快一點，可是……』

『這是我的心情問題，總比什麼都不做要好。』

白虎不以為意地說，眼睛遙望著緊閉的板窗。

『昌浩剛走，像平常一樣爬牆出去了，他大可從大門出去啊！』

今天的事晴明都知道，與半夜的夜巡是兩回事，不必那樣偷偷摸摸出去。

『在他自己想到之前，就讓他這麼做吧！』

想起昌浩一根腸子通到底的性格，晴明就覺得好笑。跟他在一起的小怪應該有注意到，但是現在的它似乎有點恍神，沒辦法調侃昌浩。

可能要再過一段時間，才能恢復到接近以前的狀態。

晴明苦笑嘆息著，突然想起剛才打盹時做的夢。

那是以前的夢，從沒見過面的母親俯視著自己。

在他懂事前，母親就不在了。不是死了，是走了。

長大以後他問過父親。

父親說母親走了。

不管他怎麼逼問，父親都不肯告訴他為什麼。
他閉上眼睛，回想夢中的情景。
因為逆光，母親的臉是暗的，看不出她是以怎麼樣的表情、怎麼樣的眼神，看著年幼的兒子。
晴明甚至忘了那雙撫摸幼子的手，是溫暖還是冰冷？柔不柔軟？
平常應該是綁起來的黑髮，垂落在自己臉上。他只記得逆光的白和富含光澤的烏黑，看起來很漂亮。
『吉平和吉昌也都不記得若菜的樣子。』
但是，兒子們還透過神將的水鏡看過一次，他卻沒辦法那麼做，因為神將也沒見過他的母親。
晴明嘆口氣，眨了眨眼睛。
以前從未夢見過，昏倒後次數卻變得很頻繁，這會不會是什麼暗示？
『嗯……難道是時候到了？』
白虎聽到苦思中的主人發出的微乎其微的低語聲，挑起了眉梢。
『——』
室內氣氛莫名地緊張起來。最近，他連這些玩笑都不敢開了。

他悄悄吸口氣，試著找話題。很明顯就是在找話題，但是沉默教他難以忍受，真的太沉重了。

『對了，太陰怎麼樣了？』

不悅地瞪著晴明好一會的白虎，最後還是決定配合主人，環抱雙臂說：

『玄武跟我說了很多事，她正在異界反省中。』

因為做得實在太過分了，所以她一回來就被白虎逮住。為了不受打擾，白虎把她帶回異界，跟她促膝長談了四個時辰。

聽到他們長談的時間，晴明膽怯地喃喃說：『四個時辰……』

白虎一副理所當然的樣子點點頭說：

『就是要花那麼多時間諄諄訓誡，她才會聽得進去。』

不過，白虎的說教並不是大聲怒罵，也不是採取高壓手段，而是把太陰做的哪些事、基於什麼樣的理由、怎麼樣不對，從一到十詳詳細細、井然有序地列出來，告訴她大道理，喚醒她的自覺。然後再把以後不可以再犯、為什麼不可以的原因，從一到十詳詳細細、井然有序地列出來，心平氣和地叮嚀她。總之，是很難應付的說教。

幸虧這樣的說教只有在必要時才會出現，而且只針對太陰，平常的白虎不是那麼細心的男人。

就是因為這樣，太陰很怕白虎。

『哦，有在反省就好。』

晴明覺得四個時辰的說教實在是疲勞轟炸，說了句沒意義的話改變話題。

『啊！對了，玄武和六合應該快從道反那裡回來了。白虎，不好意思，可不可以麻煩你去接他們？』

『是，大概知道他們到了哪裡嗎？』

晴明揉著太陽穴思考後，對弓起膝蓋的白虎說：

『今天早上我接到玄武的報告，說他們已經離開了道反聖域。』

白虎輕輕點頭說：『那麼我大概知道到哪裡了。』

他拉起了面向庭院的板窗，出去前又回過頭說：

『如果有什麼事要叫人來，青龍和天后應該會馬上趕來。』

『咦，天一和朱雀呢？』

『好像是在安慰沮喪的太陰。』

說完就滑入風中飛走了。

晴明看著緩緩降下來的板窗，喃喃說著：『那個太陰也會……』

可見白虎的說教有多可怕。

『我罵昌浩時，是不是也該做到那種程度？』

如果現在小怪在場，一定會跟他說：『別那麼做，那麼做只會讓昌浩更討厭你，千萬別那麼做。』他的做法向來明快開朗，所以不會把事情搞得更糟，如果改變方針像白虎那樣做，反而會顯得陰沉吧！

專心想著這些事的晴明，突然停下了動作。

『……』

全身一陣戰慄，寒毛倒豎，肩膀猛烈顫抖。

晴明瞪大了眼睛，身上窸窸窣窣起了雞皮疙瘩，頸子有些冰冷，胸口紛擾不安，心臟猛跳，全身血液唰地往下流。

『昌浩？……』

晴明低聲呼喚，額頭立刻冒出冷汗。一股說不出的寒顫四處流竄，無法形容的感覺在心底翻攪起伏。

血液彷彿逆流。在他的胸口、身體深處颳起了冰冷的強風，化成警鐘吹過全身每個部位。

猛烈跳動的心沒有停過，怎麼也靜不下來。

臉由蒼白變成土色的晴明喃喃說著：『不可能……不可能那樣！』

但是，怎麼想都只有那種可能性。

那孩子的血在呼喚自己。那孩子的血覺醒了，所產生的波動也喚醒了沉睡在晴明體內最深處的東西。

他想起在初春的貴船，與山之祭神喝酒聊天那晚的事，神莊嚴的聲音在腦裡響起。

——不要再把自己困在人類當中。

力量太過強大的人，終有一天會毀了自己。

『晴明，你怎麼了？』察覺主人情緒產生劇變的青龍，從異界趕來，現出身影。他緊張地瞇起眼睛逼問晴明：『到底怎麼了？冷靜點！』

『我必須趕去昌浩那裡。』

青龍按住正要站起來的主人說：『不行。』

『不要阻止我！』

青龍冷冷看著語氣粗暴的晴明說：

『你去了會害自己減少壽命……你是我的主人。』

『你的主人叫你讓開！』

『我不能從命。』

突然，晴明發威動怒的臉冷靜了下來。相反地，他的眼睛流露出閃電般的光芒，射穿了青龍。

他注視著目瞪口呆的青龍，平靜地說：

『宵藍，給你名字、並收你等十二神將為式神的人是誰？』

聲音缺乏抑揚頓挫，卻有著閃電般的酷烈，刺穿了青龍的耳朵。

青龍咬牙切齒，握緊拳頭，壓抑自己的激動。

『就是你，晴明。』

『那麼，服從我這個主人就是式神的使命。讓開，宵藍，你以為你阻擋得了我要做的事嗎？』

小怪的陰陽講座

⑦神秘和尚出現的故事，請看《少年陰陽師》第十四集短篇集！

10

火焰燃燒著。

那是在體內深處燃燒的灰白色火焰。

心臟撲通撲通劇烈地跳動起來。

像胎動般，聲音在耳朵裡一次又一次地回響。

『嗡、阿賈啦噠暹噠沙哈塔亞、溫……』

捆綁全身的藤蔓突然靜止了。

更大的脈動怦然貫穿全身。

張開的雙眼茫然失焦，只有在體內燃燒的火焰，映在迷失自我的眼眸裡。

紅蓮感覺到背後有股力量驚人的波動，驚訝地偏過頭看，只見捆綁昌浩四肢的藤蔓逐漸石化，啪啦啪啦粉碎散落。

『昌……浩？……』

緩緩前進的昌浩，面無表情地瞪著怪和尚。

『此術將斬斷兇惡……』

異樣的力量籠罩昌浩全身，那是發自他體內的波動。

『消災解厄……』

和尚的臉色出現變化。

那孩子雖來自安倍家，但還在成長中，力量不足。剛才還無力抵抗，被法術捆綁住，只能任人擺佈。

到底哪來的力量？是他故意隱藏到現在嗎？他的表情和散發出來的威嚇氣勢也完全變了樣。簡直像另一個人。

驚愕的和尚瞇起眼睛，恍然大悟地笑了起來。『我知道了，原來是這麼回事……』他看一眼手上的黑髮，咬牙切齒地說：『原來是這樣啊！凌壽。』

那不是人類的力量。

妖怪凌壽說過：我的目標是老人安倍晴明，但是，那孩子也可能成為阻礙你的絆腳石，因為他畢竟繼承了異形的血。

沒錯，那孩子繼承了異形的血。

『很不想配合你的計畫，但是不得不……』

要殺晴明，那孩子勢必會插手。所以凌壽把那個孩子推給了自己，這樣的推測絕對沒錯。

凌壽說要協助自己，其實是把自己當成了手中的棋子。
但是無所謂，因為他也把凌壽當成了棋子。
他高高舉起錫杖怒吼：『與怪物交手，也是一種樂趣！』
小金屬環嗆鈴嗆鈴作響，原本正在觀望的幻妖們，同時躍向了昌浩。
『讓開！』
昌浩目光嚴厲的眼睛，閃過酷烈的光芒。
他揮出右手，結出刀印，銳利的咒文響徹雲霄。
『降伏！』
刀印的軌跡化為風刃，瞬間砍斷了無數的幻妖。但是刀刃並沒有停下來，直接撲向和尚腳邊，高高捲起了沙石。
昌浩體內產生了更大的脈動，從全身冒出來的力量波動，逐漸泛起藍白色的燐光。
看著這樣的光景，紅蓮和勾陣都啞然失色。
昌浩釋放出來的那股力量，不是靈力。
『這是……』
風刃準確地瞄準了昌浩應該看不見的幻妖，難道是他的通靈能力復元了？不，不是，沒那麼簡單。

『這是……妖力？』

『不，這是——！』

紅蓮立刻否定了勾陣的低喃，倒抽一口氣。

說到晴明的身世，脫離不了異形的血統。安倍晴明身上流著善狐⑧的血，而且不是一般善狐，而是與神同等地位，可以上通天神的狐狸。

『這是天狐的……』

包圍著昌浩的火焰，就是象徵天狐的『狐火』。

被砍斷的幻妖又重生，再度瞄準昌浩猛撲過來。但是，昌浩完全不看在眼裡，他的目標是眼前的和尚。

『伏……願……』

在被封鎖的空間裡，昌浩只聽到自己的聲音。

他像發高燒般，失去了所有的現實感。只聽到在體內怦怦作響的心跳聲，那股從火焰衍生出來的波動，強烈到足以淹沒心跳聲。

『召喚雷神！』

來自天上的銀白色閃電輕而易舉地穿越了強韌的結界，襲向和尚。

閃光燒毀了視野，紅蓮和勾陣也舉起手來遮擋強光。

強勁的衝擊在結界內橫衝直撞。諷刺的是，如果沒有結界，恐怕災難會嚴重波及周遭。

和尚還站著，笑得滿不在乎，搖響錫杖挑釁昌浩。

灰暗的意識在昌浩心中搖曳，綁在頸後的頭髮被強烈的波動搧動得沙沙飄蕩，冷冷閃爍的眼睛直直看著和尚。

『還沒完呢！』

身體深處又產生了新的脈動。

他完全沒有餘力去思考那是什麼。

閃躲落雷的幻妖狂奔嘶吼。

他也不知道為什麼自己清楚看到了應該看不見的幻妖。

『嗡基里庫、咻吉利比基利塔那嗟……』

劇烈的咒力像龍捲風般捲起。

『那沙亞沙坦巴亞、索瓦卡！』

他一心只希望擁有力量，可以保護紅蓮和勾陣。他願意拿任何東西來交換跟祖父一樣的力量，在必要時可以全力守護式神。

和尚揮動錫杖，杖頭的小金屬環彼此撞擊，發出層層聲響。

空間扭曲變形，歪斜的氣流偏移，化為漩渦，急速撲向昌浩。

突然，他腳步搖晃，整個世界大大傾斜，所有聲音瞬間消失了。

跟剛才不一樣的脈動掠過，轉眼間變成強烈衝擊。過強的力量所產生的反作用力，一下子侵襲全身。

『唔！……』

幻妖沒有放過昌浩屏住呼吸那一剎那，爆發出已經壓抑到極限的妖力，齜牙咧嘴地大聲咆哮著。

『昌浩！』

耳旁響起呼喊聲。

單腳跪下來的昌浩瞪大了眼睛，劇痛貫穿太陽穴，視野一片鮮紅。

眼前撲過來的幻妖，在無聲的世界裡都成了慢動作。

野獸的咆哮聲震耳欲聾。

就在他突然停止呼吸時，灼熱的火蛇從臉旁呼嘯而過，抓住撲過來的幻妖燒成灰燼。被攪亂的氣流漩渦張開血盆大口，直接衝向了和尚。

昌浩被火焰侵佔的眼睛，燃起了自我的光芒。剛才不知道被什麼排擠而消失不見的感情狂流，如排山倒海般灌入了腦裡。

不，他發揮力量不是為了讓紅蓮做這種事，而是另有所盼。
心跳不自然地加速。
火蛇扭動著。那是紅蓮的火焰，目標是什麼人？
不能再讓他觸犯十二神將必須遵守的天條！
黑色袈裟在風中翻騰，錫杖敲擊地面，小金屬環鳴響，空氣漩渦奇妙地扭曲歪斜，火蛇在這之中奮力扭動前進。
在他眼中燃燒的火焰爆開來。
『不行！……』
昌浩完全清醒了，他奮力往前衝，滑入奮勇疾馳的火蛇前，結刀印往地面橫掃而過。
『昌浩，你做什麼?!』
大驚失色的勾陣立刻拔出筆架叉，但是，這時候放出通天力量也來不及了。
紅蓮屏住了呼吸，他已經收不回火焰。
『禁——！』
昌浩築起的壁壘，與紅蓮的火蛇撞個正著。
強烈的神氣和靈力炸開來，相互抵消了。
看似會粉碎結界的衝擊，最後並沒有造成那樣的結果。

使出渾身力量阻止紅蓮的火焰後，昌浩筋疲力竭地跪下來。
『笨蛋！』
侮蔑的話刺穿耳朵，錫杖也同時打在昌浩的背上。
『唔！……』
和尚把錫杖壓在不支倒地的昌浩背上，威脅紅蓮和勾陣說：『不准動。』
幻妖的牙齒正對準了昌浩的脖子。

使用離魂術將魂魄與肉體切割的晴明，在空中奔馳追尋昌浩的氣息。
足跡在前往京城東側的途中不見了。
『昌浩！』
青龍跟在焦急的晴明背後，不悅地扭曲著臉。他知道阻止不了晴明，只好跟著來了。
突然，晴明的心跳加速。
『唔！……』
他知道這個視線，於是停下了腳步。
『這是土御門府的……』

『我等你很久了，安倍晴明。』

不知何時，一個男人擋在晴明和青龍面前。

長短不齊的及腰黑髮飄揚著，劉海下的眼睛黑光閃閃，視線射穿了晴明。

『跟我同血統，與人結合之子，你的血一定可以引來那傢伙。』

男人緩緩逼近，冷笑起來。傲狼那件事沒把晶霞引出來，但是讓他找到了這個人類的親族。那個孩子呼喚同族的力量太薄弱，要這個人才夠強。

『當察覺同族面臨危險，我們的血就會奔騰澎湃。所以，那孩子的性命有危險，你就一定會出現。』

男人大笑，全身釋放出非比尋常的妖氣。

『快用你的血呼喚「那傢伙」吧！要我殺了你，挖出你的心臟也可以，但是我這個人心腸很好，不太想殺生。』

青龍挺身擋在晴明前面，藍色的眼睛閃耀著酷烈的光芒。

『你是什麼人？』

男人歪著嘴說：『沒你的事，你滾開。』

霎時，男人的妖力襲向青龍，雙手交叉抵抗的青龍，聽到男人在他耳邊輕聲低語：

『我實在很不想做無謂的殺生。』

『什麼……』

『但是，你很凝事。』

殘酷冷漠的聲音還在耳邊繚繞，銳利的刀刃已經插在青龍右肩上。不，那不是刀刃，是男人變形的長爪子。

『就斷你一隻手臂吧？放心，少一隻手臂不會死。』

男人沉著地笑著，稍稍轉動手指，青龍的右肩就被嵌入肉裡的爪子撕裂了。

青龍叫也沒叫一聲，只有表情微微扭曲，並且以迅雷不及掩耳的速度逼近男人，還故意讓爪子嵌入得更深以抓住對方，順勢放出衝擊波。

被彈飛出去的男人拔出了爪子，血從青龍的肩膀啪答啪答濺出來。可能是傷到了肌腱，右手完全不聽使喚。

『青龍，快退下，你的傷……』

主人大叫，但是青龍還是舉起左手召喚大鐮刀。刀柄有身高那麼長，表面浮現搖曳波紋的彎月刀刃大約三尺，他奮力揮起了大鐮刀。

距離瞬間縮短，刀刃一閃，大鐮刀擦過了男人的腹部。的確有撕裂肌肉的感覺，但是很淺。

『啐！』

懊惱不已的青龍傷得很深，肩膀血流不止。

『青龍！』

男人的妖力非比尋常，晴明也沒聽說過力量這麼強大的妖怪。與其說是妖怪，還不如說更接近神。

男人舐一口從腹部傷口流出來的血，猙獰地笑著說：

『快呼喚啊！你體內的血可以引來那傢伙。』

『少廢話！』

青龍撲向男人。

『不要阻礙我，滾開！』

男人似乎被惹火了，狠狠地說完後，拔起一根頭髮拋出去。

兇猛的妖氣襲向青龍，被拋出的頭髮不斷分裂繁殖纏繞著青龍全身，把青龍捆綁住。釋放出來的妖力更化為沉重的壓力，重重壓在青龍身上。

承受不了而跪倒在地的青龍，對著晴明大叫：『不要管我，你快走！』

『不行！』

晴明怒吼回應。這時候，男人的雙眼逼近了，晴明一陣寒慄。以他現在的狀態，跟這樣的妖怪交手，絕對會完蛋。

男人皮笑肉不笑地說：『你體內的血會呼喚那個傢伙。』

妖怪的眼中閃著黑光。沉眠在體內最深處的血，就像在呼應那光芒似的騷動起來，心臟不自然地跳動著。

血液澎湃騷動著。人類的身體難以承受的異形力量，會侵蝕、毀滅了這個身體。愈是去使用它，異形的力量為了彌補逐漸被削減的靈力，就會慢慢覺醒。

現在的晴明太過虛弱，那股異形的力量如果在這時候一舉迸發出來，他絕對會沒命。

一股令人難以呼吸的劇痛掠過身體，晴明壓住胸口，癱坐在地上。

劇痛不減反增，流竄全身。

『唔！……』

『晴明！』

青龍很少叫得這麼聲嘶力竭，自從五十多年前那件事以來，這是他第一次這樣呼喊主人的名字。

男人低下頭，冷冷看著他都還沒出手就已痛苦喘息的晴明。

『我們的力量對人類的身體來說，太沉重也太強烈了，只會削減生命，沒有任何好處，你的父母好像沒告訴你呢！』男人更幸災樂禍地聳起肩膀，蹲下來說：『你的父母

叫什麼？說不定是被我殺了呢！說來聽聽看。』

晴明張大了眼睛。剛才，這個男人說了什麼？

父親告訴過他，在他小時候突然消失不見的母親叫葛葉。

『我不是叫你呼喚同族的血嗎？快說你父母……』

『凌壽，果然是你。』

冰冷的聲音穿過晴明的耳朵，嗤笑不停的男人眼睛亮了起來。

晴明猛然張大了眼睛。

『風斬！』

他釋放出來的靈力強大得驚人，完全不像氣息微弱的人。但是，化為風刃的靈力被對方輕易閃開了。

『唔……』

瞬間增強的疼痛佔據了他的思緒，他拚命把持逐漸模糊的意識，用力撐開眼睛。

男人像被彈開似的往後退，青龍順著他的視線望過去，看到晴明背後站著一個修長的身影。

銀白色的頭髮浮現在黑暗中。

『殺害同族的凌壽，你為什麼找上這些想在人群中活下去的族人呢？』

被稱為凌壽的男人露出獠牙，回答這個嚴肅的問題：

『為了找到妳啊！晶霞。我要搶走妳的天珠，帶回去給九尾。』

九尾？晴明在疼痛中喃喃唸著，那是異國大妖的名字。

『原來你歸降九尾了，真是我們天狐的恥辱。』

晶霞舉起細瘦的手臂，輕輕一揮。

瞬間，凌壽壓在青龍身上的妖力消失了，同時凌壽的身上出現了多處裂傷，鮮血從大開的傷口噴濺出來。

『好強，妳還是這麼強，晶霞，所以九尾不想讓妳活著。』

凌壽全身冒出妖氣。他雖然是可以上通天神的天狐族，但是力量沾上了同族的血變得混濁了。

不過，力道還是很強。

『不想死的話，現在就滾，我不會追殺你。』

聽到晶霞這麼說，凌壽嗤笑起來。

『要說夢話等睡著再說，妳沒聽到我說要奪走妳的天珠嗎？』

霎時——

『嗡、阿比拉嗚坎、夏拉庫坦！……』

晴明單腳緩緩屈膝，以凌厲的氣勢唸誦真言，對準凌壽釋放出強大的靈力。

『晴明！』

在青龍大驚失色的叫喊聲中，晶霞撲向了猛然往後退的凌壽。

尖銳的爪子一閃。

『——！』

凌壽的脖子上出現幾道紅印。晶霞咂咂嘴，不甘心被他閃過了，只劃破了他一層表皮。

不過，晴明釋放出來的法術，似乎帶來了很大的衝擊，凌壽腳步踉蹌，懊惱地咂了咂舌。

『晶霞，妳休想逃開，如果妳再從我面前消失……』凌壽指著晴明，淒厲地笑著說：『我就殺了這個老人……妳人那麼好，應該不會丟下同族的人不管吧！』

晶霞的眼神變得很銳利。

凌壽看到那樣的眼神，大笑了起來，同時爆發出強烈的妖力。

『可惡！』

青龍用大鐮刀敲擊地面，將妖力彈開，掀起了漫天塵埃。

再拉回視線時，已經不見凌壽的身影。

晴明按著胸口，緩緩轉過頭。

『天狐？……』

仔細一看，救他脫離困境的天狐，身子比凌壽還嬌小。

『是的，流著我們眷族之血的人類啊！』晶霞瞇起了眼睛說：『那股力量恐怕會削減你的生命……所有繼承了這個血統的族人，只要天狐的血覺醒，就會沒命。』

被和尚的錫杖壓著背的昌浩用力喘著氣。

『唔！……』

呼吸困難。除了錫杖的壓迫外，在體內亂竄的力量也從內部侵蝕著他。

沒有熱度的火焰正在他的體內燃燒。

他抓起一把沙子，讓石子嵌入手掌，只有這樣的疼痛可以讓他保持清醒。

『這孩子快死了，異形的血會侵蝕他的靈魂。』

昌浩被當成盾牌，紅蓮和勾陣都動彈不得。法力的藤蔓又從腳下冒出來，抓住他們的腳踝往上攀爬。凡是碰觸到藤蔓的地方都會麻痹，感覺逐漸消失。

紅蓮眼中燃起熊熊怒火，瞪著和尚。

『放開昌浩……我可不管什麼天條。』

『騰蛇！』

『你敢再傷害他就試試看，不管你有多大的法力，我都會殺了你！』

不只是和尚，昌浩也聽到了這個冷酷的宣言。

意識有些模糊的昌浩大受打擊，彷彿被打了一拳。

不行，如果這樣，就不知道自己阻止火蛇是為了什麼。

他放開緊握的沙子，強忍住亂竄的劇痛，深吸一口氣。

和尚的注意力正好不在他身上。

『還敢說大話，可見十二神將有多愚蠢。』

在紅蓮背後的勾陣，發現昌浩似乎有所行動。

緊握的手鬆開了，移動的食指在半空中畫著文字。

那是——

勾陣表情不變，只眨了眨眼睛。和尚沒有發現。

紅蓮察覺到勾陣的神氣有些變化，深紅色的眼睛稍稍瞄了一下。

風沙沙吹著。

和尚察覺到某種說不出的詭譎感，低下頭，看到昌浩的側臉。

這個應該已經失去力量，只能等著踏上死亡之旅的少年，用還未喪失鬥志的眼神瞪著和尚。

代表異形力量的火焰光輝，在他眼底深處搖曳著。

『勾！』

紅蓮的叫聲劃破天際。勾陣的刀刃從蹬地而起的紅蓮背後一閃，化成真空氣旋。

就在和尚轉向他們時，昌浩發出最後的吶喊：『嗡——！』

大地鳴響震動。

和尚受到衝擊，有些搖晃，但是很快又穩住了腳步。

他用錫杖揮開紅蓮的手，再用力將昌浩踢倒。

『嗡巴吒啦吉尼溫哈塔！』

紅蓮被帶有強烈法力的真言擊中而飛了出去。勾陣試圖乘機滑入昌浩身旁，但是前面有無數幻妖阻擋。她猛往前衝揮動筆架叉，將幻妖砍成兩半。沒了阻擋，終於看清楚前面的她，不由得倒抽了一口氣。

和尚正瞄準昌浩的喉嚨揮下錫杖，來不及了。

紅蓮發出慘叫聲，緊接著爆出灼熱的鬥氣，燒死了所有的幻妖。

『——！』

突然，和尚的動作似乎受到什麼阻礙，靜止下來。

同時，水滴滴落的聲音在半空中回響，然後是打碎琉璃般的碎裂聲。
這一切毫無預警地發生在原本無聲的空間裡。
用來隔開周遭的和尚結界，被來自外面的壓力粉碎了。充斥內部的法力、神氣和妖力捲起漩渦轉為強風，與沙子、塵埃、河水混合，像暴風雨般席捲而去。
和尚的錫杖被金屬長槍彈開了。
所有擋住視野的東西，也被冰冷的水之波動瞬間沖走了。
和尚咂咂舌往後退，看到擋在前方的這兩個突然出現的神將，氣得咬牙切齒。
昌浩感覺到有人正看著自己，緩緩張開了眼睛。
『昌浩，拿著這個。』
在一片模糊的視野中，與黑夜同樣顏色的眼睛正看著自己。
『玄……武……』
『這是晴明為了彌補你欠缺的力量，向道反女巫借來的出雲石丸玉⑨。』
那是一塊用繩子串起來，有大拇指那麼大的青綠色玉石。玄武把那東西交到他手上後，折磨著他的劇痛立刻消失了。
拿著銀槍的六合冷冷瞪著和尚。
『遵守天條的十二神將，可以把槍指向人類嗎？』

六合毫不在意和尚侮蔑的視線，難得多話起來：『很不巧，我已經背負了手染鮮血的罪過。只要你再發動攻擊，我絕對不會手下留情。』

銀白色長槍的刀尖指向和尚的眉間。

和尚的臉上泛起了惡意，覺得很好笑似的嗤笑起來。

『原來安倍晴明對式神下了這樣的命令啊！真有趣，不愧是怪物之子。』

和尚黑光閃閃的眼睛更加閃耀了，他又指著昌浩說：

『你也是怪物。擁有那種力量的人，不可能是人類。』

在玄武和紅蓮的扶持下好不容易才站起來的昌浩，瞪大了眼睛。戰慄貫穿胸口，全身血液瞬間凍結了。

『怪……物……』

喃喃自語的昌浩，聽到紅蓮激動的怒吼。

『你胡說什麼！他哪裡是怪物？你才是怪物，那麼大的……』

那麼大的法力，把十二神將都制服了。

和尚冷笑著說：『你說我是怪物？真有意思。沒錯，我把靈魂賣給了地獄的亡者，就這點來看，我的確是怪物。』

他笑得像隻惡鬼，殘忍地瞇起了眼睛。

『哼……看來凌壽也失敗了。』

拋下昌浩他們聽不見的這句話後，和尚敲響了錫杖。

小金屬環震天價響，無數的回聲化為咒力，襲向了昌浩他們。

玄武的波流壁及時圍住了所有人，周遭土沙飛揚，塵霧彌漫，遮蔽了他們的視線。

和尚的身影就那樣消失了。

小怪的陰陽講座

⑧善狐是會幫助人、誘導人的善良狐狸，共有金狐、銀狐、白狐、黑狐、天狐、空狐六種，其中天狐和空狐是由活過兩、三千年的善狐進化而成的。

⑨出雲石丸玉是用出雲的石頭磨成的圓球狀玉石。

11

周遭一片靜寂。

昌浩抬頭看著紅蓮和六合。

『你們兩個過來一下。』

還搖搖晃晃的昌浩拒絕勾陣的扶持，用自己的雙腳站穩後，把兩名修長的神將叫到自己面前。

『昌浩，你要做什麼……』

紅蓮只想趕快讓昌浩回家休息，但是昌浩狠狠瞪他一眼，打斷了他的話。

稍微動一下就喘個不停的昌浩，做了好幾次深呼吸後，破口大罵：

『你們兩個笨蛋！』

紅蓮和六合突然被罵，眼睛眨也不眨一下地注視著昌浩。他的眼神非常激動，看得出來他真的很生氣。

六合眨了一下眼睛，對勾陣投以詢問的眼神。勾陣回想著遇到和尚之後的所有事情，思索著昌浩到底在生什麼氣。

過了一會兒，黑曜石般的雙眼想到了什麼似的波動起來。
『嗯，騰蛇的確說了傻話。』
『六合也是！而且嚴格說起來，勾陣，妳也是！』
昌浩立即回應。勾陣訝異地看著他說：『我也是？』
她百思不解。
偏著頭拚命思索，還是想不通。不得已，她只好也去站在紅蓮旁邊，環抱雙臂說：
『請把話說清楚。』
氣得臉色發白的昌浩，衝著滿臉疑惑的三個鬥將說：『我說過不可以攻擊啊！』
『那是……』
紅蓮反射性地張嘴回話，但是被昌浩的眼神鎮懾住了。
昌浩喘口氣又繼續說：『我說不可以，可是你們都不聽。勾陣，妳沒有阻止紅蓮。』
勾陣微微張大了眼睛，心想原來是這麼回事。
接著——
昌浩瞪著大約猜得到來龍去脈但面無表情的六合，瞇起了眼睛。
『最後，六合說了很愚蠢的話，在我面前說得清清楚楚！……』
沒錯，六合記得恐嚇過對方說他會毫不留情地攻擊。

『……』

跟平常一樣，六合回以沉默。他向來就是這樣，但是，今天的昌浩就是氣他不回答。

『我、我……我不想讓你們攻擊人類……』

握著丸玉的手心在發熱。不只是手心，剛才被凍結的火焰流竄過的身體也隱隱作痛，他覺得從心底擴散開來的寒氣逐漸轉變成熱氣，但是，他還是要把話說清楚。

玄武擔心地看看昌浩，再看看其他神將。

在他面前的昌浩眼皮顫動著，說：

『如果是爺爺，絕對不會讓你們說那種話，也不會讓你們做那種事……』

都怪自己太無能，才會讓十二神將觸犯天條——昌浩到現在才有了清楚的自覺。

不管青龍的嘴巴有多壞，他還是對晴明宣示了絕對的信賴與忠誠。其他神將雖然沒有明確表示，但一定也都跟青龍有一樣的想法。

祖父能爭取到這些，是因為他具有足以回應這些信賴的力量。

而且從來沒有辜負過他們的期望。

反觀自己——

他曾經發誓要超越祖父，成為最頂尖的陰陽師。

這句誓言所代表的意義與責任，就是要有操控自如的本事和能力，取得十二神將的

信賴。

不能一有事就依賴神將、受他們保護、藉助他們的力量。那樣不行。要能看清楚大局，建立一個可以讓他們徹底發揮能力的環境。式神的主人必須具備這樣的能力，現在的他就是缺少這種開闊的視野和精確的判斷力。

他不能原諒遍體鱗傷的自己，更難過害式神受傷。

他顫抖著肩膀，緩緩低下了頭。

『我總是……總是這樣……害你們受傷……』

紅蓮和勾陣低頭看看自己。昌浩說得沒錯，他們全身都是傷，處處可見乾涸凝固的血塊。

但是，神將在心裡暗自反駁。

保護主人所受的傷，一點都不痛。在確定主人平安無事之前，他們的心都很焦躁。可以的話，他們寧可用自己的傷來換取主人的毫髮無傷，卻做不到。

就像昌浩自責那樣，神將也責備自己太沒用。

但是如果說出來，一定會被昌浩罵，所以他們寧可保持沉默。

那種話他們已經聽很久了。

年輕時的安倍晴明也常說意思完全一樣的話，不是感嘆自己的無力，就是說自己無

能，對不起他們。就算擁有那樣的力量，還是有他做不到的事。

所以十二神將才跟定了他。

對他們來說，主人是更加深他們存在感的導引。從人類的想像中誕生的神將，必須活在人類的思想中。

而且，他們那位活過漫長歲月的主人，都是以『朋友』稱呼他們幾個非人的異端存在。自他成為他們的主人以來從沒改變過，這是比什麼都令人開心的事。

『我好不甘心……』昌浩咬著牙喃喃說著。

玄武冷靜地說：『昌浩，我們受傷不是為了讓你這樣感嘆。』

昌浩聽不懂他話中的意思，露出疑惑的眼神。玄武黑曜石般的眼睛閃耀著慧黠的光芒，看著昌浩。

『晴明希望我們可以保護你，我們也想完成晴明的心願。這麼一來，會形成怎麼樣的連鎖關係呢？你的感覺是什麼？難道我們的意志對你來說只是負擔嗎？』

他停下來，像在尋找適合的話語般看著昌浩的拳頭。

『那塊丸玉是女巫從道反大神那裡把神請來，做成具體形狀的成品。晴明擔心看不見鬼神的你，說不定會喚醒體內異形的血，所以派我們去道反聖域。那的確是晴明的命令，但是我們去並不完全只因為那樣。』

大概是思緒愈來愈亂，玄武的視線飄忽，顯得有些心慌。

因為沒想過會跟昌浩說這種事，所以他沒作好心理準備，也沒想好台詞。找不到貼切的話，是最讓人焦慮的事。

如果是白虎或天一，應該可以把話說得更清楚，玄武不擅長這種事，所以說得很辛苦。

『呃……總之，我要說的是，既然覺得不甘心，就再好好修行嘛！把自怨自艾的時間統統拿來修行，鍛鍊自己，讓這種事不要再發生就好啦……』

看著玄武吞吞吐吐手足無措的樣子，昌浩哭喪著臉說：

『可是，我還是不想讓你們受傷。』

更不想讓他們攻擊人類、觸犯天條。

有句話刺痛著他的心。

——怪物。

他聽說祖父的母親是狐狸，難道那不是比喻也不是流言，是真的？

難道在體內流竄、凍結的火焰就是證明？

那麼，自己並不是人類？繼承了異形的血、異形的力量，卻又活在這些血和力量企圖消滅自己體內人血的矛盾中。

他看著手中緊握的丸玉。
青綠色的玉石冰冷而沒有熱度，像是在讓他體內的血鎮定下來。
保持沉默的六合，用缺乏抑揚頓挫的聲音說：
『那東西可以彌補你失去的力量。』
昌浩抬起頭，黃褐色的眼睛正平靜地看著他。
『晴明想，天狐的血如果會為了彌補缺失而覺醒，那麼，用其他東西來補足缺失的部分就行了。』
昌浩覺得話題被轉移了，但是，這件事也很重要。
『那麼，戴著這個就可以像以前一樣看得見了？』
六合與玄武同時點了點頭。
昌浩抿著嘴，把丸玉掛在脖子上。
視野完全不一樣了。
原本看不見的東西都看見了，就跟他失去靈視力之前一樣。
『真的呢……』
紅蓮無言地看著感嘆的昌浩。
他曾思考過，自己能為他做什麼？

這個少年曾犧牲生命救回了自己的靈魂，而自己能為他做什麼呢？

他閉上眼睛，掩住臉。

一再自問卻怎麼也找不到的答案，昌浩這麼簡單就給了他回覆。

啊！這個生命真是撕裂黑暗的光芒，是在迷途中指示去路的導引。

深深嘆口氣後，紅蓮變成了小怪的模樣。

『小怪，你還好吧？』

昌浩想蹲下來，卻搖搖晃晃地癱坐在地上。

『喂！』

慌張的小怪還來不及說什麼，昌浩就嘆口氣，遙望著京城說：

『回家前得先去一趟土御門府……我有不祥的預感。』

體內最深處的某種東西不斷敲響警鐘，催促著他。

只有玄武一人先回去報告狀況，其他四人一起去了土御門府。

昌浩絕不會退讓，大家都知道怎麼勸他也沒用。

他用意志力穩住蹣跚的腳步，跟小怪到達土御門府時已經快天亮了。勾陣與六合隱形，看不到身影。

東方天空開始泛白。

『……』

從圍牆外窺視府內狀況的昌浩皺起了眉頭。

太奇怪了，有東西擋住了自己的氣，他完全掌握不到裡面的狀況。

『六合，帶我到圍牆上。』

隱形的六合現身，單手扛著昌浩一躍而起，小怪和勾陣也跟在後面。

他們跳上了南側的圍牆，土御門府很大，從這裡看不到裡面的樣子。

『要是被發現了，就披上六合的靈布逃走。』

先預設不希望發生的狀況，作好準備後，昌浩就請六合將他帶到庭園內，走向寢殿。

一靠近寢殿，就感覺到充斥著刺骨的妖氣。

昌浩眼神凌厲地環視周遭。那種法術不是一朝一夕完成的，而是花了很多時間讓效果慢慢呈現出來。

昌浩心頭一驚，想到那個怪和尚好像說過『一個月』之類的話。

難道是從祖父病倒那時候起就被下了詛咒？

『應該有什麼詛咒器具……』

神將和小怪了解了昌浩的意思，立刻分頭去找妖氣來源。

寢殿和對屋都感覺不到人氣，但也感覺不到死氣，所以應該沒有人死亡，只是完全沒有活人的氣息，怎麼想都很可疑。

沒多久，昌浩在建築物外發現了堆高的土。

他空手把土挖開，找到了黑色絲線般的東西。

『這是……』

碰觸到的地方，就像被什麼東西連根拔起般，體溫一下子降到最低點，一股毛骨悚然的顫抖從指尖擴散到手臂。

『是那個……頭髮！』

是和尚手中那個具有可怕法力的頭髮。難道是那個和尚對土御門府有什麼企圖，施加了這樣的法術？

昌浩體內響個不停的警鐘，很可能就是暗示著這件事。

他把頭髮放在左手上，右手結印，閉上眼睛唸著：

『嗡咭哩咭哩、吧喳啦吧吉利霍拉曼噠曼噠溫哈塔！……』

頭髮變成塵埃，沙啦沙啦飄落不見了。

用真言淨化地底下糾纏盤繞的邪氣後，昌浩站起來說：

『趕快找到下一個……』

突然一陣暈眩，他趕緊抓住眼前的外廊撐住身體，閉上眼睛熬過侵襲太陽穴的劇烈頭痛。

『……』

是貧血。

維持這樣的姿勢等狀況好轉後，昌浩用袖子擦掉額頭上冒出來的冷汗。

『真糟糕……今天得進宮工作呢……』

已經好幾個月沒去了，今天絕對不能請假。

他想起回京後在宮裡不期而遇的敏次，嘴角不禁浮現笑意。

請假又會被敏次罵，爬也要爬去。

幾次深呼吸後，他移動腳步，邊繞巡建築物邊觀察著風。

空氣並不是非常混濁。

『昌浩，找到了。』

小怪從外廊下面探出頭來。

『在哪？』

傍晚時，章子突然感到全身動彈不得，只好默默數著呼吸。
隨侍在側的侍女們都失去了意識，怎麼叫都沒有回應。
她發現狀況不對，等著雜役或隨從趕來，但是沒有任何動靜。說不定是整棟建築物、甚至整個京城，都籠罩在這種不自然而恐怖的寂靜中。
聽得到心跳聲。
自己會怎麼樣呢？
雖然身體多病，但是現在被立為中宮的自己是左右著父親命運的關鍵。
倘若出了什麼事，會打亂一切。
這麼一來——
『……』
章子害怕得顫抖起來。
自己怎麼樣都無所謂，她早已有這樣的覺悟。但是，現在的她關係著父親與素未謀面的那個姊妹的命運。
誰快來救救我啊！
她不記得她這樣祈禱過多少次了。
天亮以後一定會有人……可是，如果天不會亮呢？

當她開始絕望時，身體突然恢復了自由。
因為僵硬了太久，還恐懼得直發抖，所以全身緊繃不聽使喚，但確實是解脫了。
她喘口氣，慢慢爬起來。
陪在床鋪旁的侍女們，全像死人般動也不動。
『啊……』
她顫抖著靠過去，搖搖她們，還是沒有反應，最糟的想法閃過腦海。她把冰凍的手指伸到侍女嘴邊，不禁張大了眼睛。
雖然微弱，但還有呼吸。
其他人也一樣，全都只是失去了意識。
正安下心來時，突然聽到說話聲。
『是誰……惟盛嗎？』
她的聲音因為過度緊張，在收縮的喉嚨裡啞掉了。
口好乾、好渴。
剛才的聲音是惟盛嗎？不，不對，那不是惟盛的聲音，從來沒聽過。
她全身顫抖。
難道是造成這種狀況的人來了？被發現會怎麼樣？可能會被殺了。

她躺回床上，屏住氣息，全身僵硬，希望那些人趕快離開。

『這樣……就行了吧？』

她豎起耳朵聽，覺得有點奇怪。

好年輕的聲音，不只年輕，感覺上還帶點稚氣。

應該還有其他人，但是只聽得到這個人的聲音。

『嗯……我沒事……真的沒事嘛，你真會操心……』

『？……』

章子從床上爬起來，披上外衣，把衣襟攏在胸前，隨手抓起了身旁的檜木摺扇。就算只是求心安，手上有東西總比沒有好。

心跳得好快，她邊擔心對方會不會聽到自己的心跳聲，邊拉開了門。

廂房裡並排著好幾個布幔屏風，前面的板門入夏後就被拆除了。現在只剩下格子門，所以透過布幔屏風間的縫隙可以清楚看見外面。

沒關係、沒關係，格子門很堅固，如果被發現，就趕快躲回主屋，對方應該進不來。

她聽著大到快要爆炸的心跳聲，從布幔屏風之間的縫隙偷看外面。

額頭上的冷汗凝結成汗珠滴落下來。

昌浩用力喘口氣，無意識地伸出手來，抓住了隨手碰到的六合的靈布。就那樣踉蹌了幾步，眼看著就要倒下去了，卻還是抓緊靈布強撐著。

倒是六合突然承受那樣的拉力，一下子失去平衡，差點站不穩而往前衝。

看著這一連串動作，勾陣和小怪的臉色愈來愈難看。

『昌浩……』

昌浩舉手制止低喃的小怪，握住了最後一綹頭髮。

『嗡……吧喳啦吧吉利……』

他使出最後所有力量，斷斷續續唸出真言。

將黑髮化為塵埃，確定殘餘的邪氣都被淨化了，昌浩才喘口氣癱坐在地上。

小怪氣呼呼地看著他說：

『我不是叫你不要逞強嗎？』

語氣粗暴逼向昌浩的小怪，被勾陣一把抓住。

『勾，妳幹什麼？快放開我！』

『我知道你很生氣，事後要怎麼罵隨你。』

『咦？不要隨他啊！』

『你住口！』

小怪怒斥昌浩，再轉向勾陣，看到她正若有所思地看著坐在地上的昌浩。

『現在要先趕回家，六合，帶著昌浩。』

話才說完，六合已經採取了行動，把隨時圍在肩上的靈布披在昌浩肩上，再抓住昌浩的手臂，把他拉起來。

『要我揹你、扛你，還是抱你？』

為了尊重本人的意志，六合這麼問，呼吸急促的昌浩小聲回說請用揹的。

這時候，所有人都感覺到一股視線，瞪大了眼睛。

屋裡的人應該都昏倒了。

『是剛才那傢伙？……』

勾陣看看提高警覺的小怪，再仔細觀察周遭。

寢殿的格子門前好像有什麼動靜，明明沒有風，布幔屏風卻傾斜了，緊接著應聲倒地。

屏風前一個少女張大充滿恐懼的眼睛，注視著他們。

勾陣與六合目瞪口呆，屏住了氣息。小怪輕皺眉頭，眨了眨眼睛，不解地思考他們兩人的反應，終於想通了說：『啊，原來如此。』

除了自己以外，沒有人見過她。

昌浩有種時間靜止的錯覺。

不可能！她不會在這種地方，她應該在安倍家等著昌浩。不管怎麼勸她先睡，她也幾乎沒有聽過，總是等到昌浩回來。

昌浩茫然地、無意識地喃喃叫著：

『彰……子……』

聽到少年的低喃聲，章子流露出不同於前一刻的驚訝。

她聽過那個名字。

她不由得把手搭在格子門上，想開口說些什麼，又猶豫了。

深怕是她聽錯了，或是有人在誘騙她。

她必須隱瞞這個事實，只要是想揭開真相的人，不管是誰，她都必須防範。

咬緊嘴唇向後退的她，出神地看著少年眨眨眼睛露出來的笑容。

多麼沉著、溫暖又柔和的眼神啊！

『已經沒事了，放心吧！』

章子不由得叫出聲來：『你是……』

少年遲疑了一下，帶點苦笑說：『我是答應過要保護妳的陰陽師。』

說完，便轉身離去了。

『啊……！』

手忙腳亂的章子好不容易才拉開門衝出外廊，但是少年已經不在了。

小怪看著虛脫地趴在六合背上的昌浩，瞇起了眼睛。

『什麼陰陽師嘛！根本還是個菜鳥。』

『我……又沒……說謊……』

頭痛得連眼睛都張不開的昌浩，下定決心今天請全天假後，不禁想到從明天起恐怕不得不面對的悲哀又無奈的日子。

他已經這麼努力、這麼努力了啊！

回到家，天一正等著他們。

『天一，怎麼了？』

她用悲哀的眼神看著疑惑的昌浩說：

『晴明大人的大限快到了……』

12

哎呀，沒事啦！

臥病在床的晴明，還是輕鬆地笑著這麼說。

與和尚交戰後已經過了好幾天。

出仕的昌浩邊做著堆積如山的雜事，邊想著事情。

聽說當他正在作戰時，使用離魂術出了京城的晴明，也遇上了擁有強大妖力的妖怪。那個自稱凌壽的妖怪說：『你的父母叫什麼名字？說不定是被我殺了……』

就在這時候出現了另一個妖怪，協助晴明擊退了凌壽，這個擁有天珠之寶的妖怪名叫晶霞。

兩人都是天狐。

跟晴明的母親一樣是異形狐狸，具有上通天神的力量。

昌浩臉色沉重地嘆口氣，摸摸自己的胸口。

衣服下面垂掛著香包和丸玉，兩樣都是守護昌浩的重要物品。

從已故母親『葛葉』繼承的天狐之血，至今仍在晴明體內沉睡。而且，在晴明的兒子、孫子中，只遺傳給了昌浩。

所以祖父才會擁有那樣的力量。

自己也是，雖然濃度比祖父淡了許多，但畢竟也流著異形的血，具備了異形的力量。

——怪物。

他感到一陣疼痛，和尚的言靈像針一般扎刺著他的胸口。

——怪物、流著異形的血、不完全是人類、非人的力量從內側侵蝕著人體。

當本身欠缺力量時，在魂魄上生根的記憶和力量就會甦醒，那是為了保住生命而侵蝕生命的力量……多麼矛盾啊！

『所以……』

昌浩咬著牙，表情扭曲。

在出雲時，發生在自己身上的怪事，全都是因為沉睡的天狐之血覺醒了。

以前，封住妖怪傲狼的是那個名叫晶霞的天狐，也就是救了晴明的銀白色妖怪。

聽說，就是那個晶霞說的——魂魄離體的法術會削減生命。

想活下去的話，就只能再使用一次，那是最後一次。之後再使用的話，異形的血就會侵入靈魂，切斷人的生命。

爺爺會死？昌浩心跳加速。

『不可能……』

他用力搖頭，甩去這樣的想法，覺得毛骨悚然。

可是、可是……

不管怎麼甩頭，滿腦子還是想著這些事——

被稱為怪物、很可能不是人類的自己……

再也不能依賴唯一可以依賴的祖父了。

一旁的小怪只能擔心地看著昌浩。

它的原貌是紅蓮，高出人類很多，擁有可以說是不會死的生命。

擔心、害怕晴明會發生什麼事，它也感同身受，但是在程度上，又跟昌浩的擔心、害怕完全不同。

『……』

昌浩正沮喪地低頭嘆息時，從頭上方傳來喝斥的聲音。

『你又在發什麼呆了？昌浩！』

怒罵聲的來源是陰陽生藤原敏次。

『是、是，對不起……』

敏次逼近慌忙挺起背的昌浩，指著他說：

『現在晴明大人病倒了，大家都把你當成了接班人，你這樣子怎麼行？』

『啊……沒有啦……』

『晴明大人恐怕也擔心得沒辦法好好休養吧？因為不管怎麼看，你都還差那麼一點，不值得信賴。』

小怪焦躁地看著垂頭喪氣的昌浩。

竟然被什麼都不知道的陰陽生說成這樣，沒有比這個更令人生氣的事了。

敏次只是一般人，完全看不到小怪愈來愈不高興的表情，還環抱雙臂皺起眉頭繼續說：『你雖然有點體弱多病，但總是咬著牙埋頭苦幹，我一直很欣賞你這樣的特性。但是，還是個菜鳥也是事實，所以必須從小事好好做起。』

『呃，可以請問你一件事嗎？』昌浩打斷敏次的演說，鼓起勇氣問。

『怎麼，你有意見嗎？那就說啊！』

『不，不是的。』昌浩慌忙向進入備戰狀態的敏次澄清，然後說：『我……』

『你怎麼樣？』

『咦？啊，呃，我……我看起來像人嗎？』

敏次被這個突如其來的問題嚇到，眨了眨眼睛。

小怪聽到也猛然抬起頭來。

昌浩問得很認真，他想確認自己的定位，這是現在最重要的事。

他必須再次確認自己是『什麼』，才能繼續往前走。

呆滯了好一會的敏次，終於受不了地眯起眼睛說：

『你哪像人啊？』

昌浩縮起了身體。

『根本是個乳臭未乾的菜鳥！不要說無聊話了，快點動手工作！』

敏次難得這樣大吼，吼完就氣憤地離開了。

目送他離去的昌浩，困惑地搔搔頭後，露出了欲哭無淚的笑容。

『昌浩？』

『太好了……』

敏次會毫無顧忌地罵出真心話，表示自己看起來的確像個『人』。

他就是想確認這一點。

『你真傻……』

小怪無奈地嘆口氣，沒有助跑就跳上了昌浩的肩膀。

『你是人啊！我敢保證。你想想，這幾十年來，那個晴明不也是被歸為人類嗎？』

『啊，對哦！嗯，說得也是。』
在鬆口氣的同時，他訝異地張大了眼睛。
偏過頭，他看著肩上的小怪。近在身旁的夕陽色眼睛，疑惑地眨了一下。
『怎麼了？』
『沒、沒什麼，該工作了。』
肩膀上好久不曾有過這樣的重量了，所以他故作開朗地那麼說，掩飾自己的開心。
藤壺中宮坐在土御門府的廂房裡，眺望著南側庭院。
『中宮大人，風開始變冷了，聽說也快下雨了，您最好還是進來……』
侍女這麼勸她。她向侍女點點頭，瞇起了眼睛。
『陰陽師……』
『什麼？』
『有沒有一個很年輕、跟我們差不多年紀的陰陽師？』
聽到中宮這麼問，侍女想了一下說：
『啊……有，就是晴明大人的小孫子安倍昌浩，聽說去年進了陰陽寮。』
中宮喃喃複誦著：

『安倍……昌浩……』

你是誰？

我是答應過要保護妳的陰陽師。

後記

好久不見了，各位近來可好？我是結城光流。

終於突破二位數了，少年陰陽師出第十集了。

上一集都在出雲，所以很多人以為會一直待在出雲，結果出乎意料回到了京城。京城真是個好地方呢！有TOSSHI⑩、有昌親哥、有爺爺。我回來啦，京城！暫時想待在京城不動了。

這次為了全國的TOSSHI迷，特地以TOSSHI開始、中間以TOSSHI串場、最後以TOSSHI結尾，嘗試著做了『TOSSHI 特集』，大家覺得怎麼樣呢？

好了，開始例行的排行吧！看了第九集之後的排行，我很好奇這一集會怎麼樣．結果可以說是在我意料之中。

第一名是主角安倍昌浩，而且遙遙領先！願望終於實現的昌浩迷，憑著熱情達成了連霸。

第二名是小怪（包含紅蓮）。嗯……果然少了以往的氣勢。尤其是紅蓮在第九集的表現，真的惹火了昌浩迷（笑）。

第三名是六合旦那，與小怪的差距微乎其微，所以很可能大逆轉。

接下來依序是勾陣姊、太陰、玄武、風音、爺爺，也有人投票給若菜。還有人偷偷投給冥府官吏（笑）呢！不過，這個結果也不意外啦！因為他是那樣的人，至於他的來歷……嗯，這個嘛……就容我先說到這裡吧！呵呵呵。

新篇章『天狐』開始啦（還是從第九集開始？我看著N崎，她說：『嗯……第九集是在出雲……』那麼就當作從第十集開始吧）！⑪大家看過後就會知道，爺爺在這一集碰上了大難關啦！真的是大難關！爺爺會怎麼樣呢？昌浩又會怎麼樣呢？還有，只有在雜誌番外篇出來的吉昌家三兄弟，終於在主情節裡齊聚一堂了，敵人的身分也逐漸明朗化了。

剛看到封面插圖時，我竟然看不出來跟昌浩背對背站著的人是誰，真是個沒用的作者……原來昌浩以後會變成那樣啊，真是個帥哥呢！知道以後還是覺得好美，美得令人歎息。我邊看著插圖，邊感歎地喃喃說著：

『啊！太美了，我不需要小說，有這些畫就行了。』

『結城，因為小說是妳自己寫的，妳才會說不需要，讀者還是需要。』

N崎還是不改她迅雷不及掩耳的吐槽……嗚咽嗚咽，被罵啦（泣）！

對了，少年陰陽師劇情CD第一集『異邦的妖影』，各位聽過了嗎？

我輸進了電腦，還錄成了ＭＤ，每天聽。現在也邊寫後記，邊聽著ＢＧＭ。我特別收到了ＢＧＭ的ＣＤ呢！真是配得太好了，我高興得一聽再聽。

在寫這一集時，故事裡的所有角色都在我大腦裡用ＣＤ人物的聲音說著話。感覺上，所有角色都比以前更生動了。第二集『黑暗的咒縛』就快發行了，請大家一定要聽，六合、天一和高淤神都會出場，這些人也都非常符合書中的形象。說句離題的話，我個人很想聽紅蓮跟旦那的舌戰（笑）。

覺得主篇故事愈來愈沉重，想喘口氣的讀者們有福了。

雜誌《The Beans3》簡稱『The B3』，預定於二〇〇四年六月發行。說不定也會登出《少年陰陽師》番外篇漫畫？太棒了，非買不可！非看不可！啊，也有小說《少年陰陽師》番外篇，哥哥們都會出場，就等大家買來看啦！

說到番外篇，我有幾個構想，譬如：『成親結婚秘史』、『車之輔的一天・第一人稱』、『若菜死後的十二神將撫養吉平、吉昌兄弟物語』等等。Ｎ崎，妳覺得怎麼樣？

在第九集說明小怪的眼睛為什麼是『夕陽色』後，很多讀者送了成套的夕陽信封、信紙給我。大家都好細心哦！看到有人寫：『很高興認識妳』或是『妳好』，我就會忍不住回說：『我也很高興認識你』或『你好、你好』，實在不能讓人看見我那個樣子（笑）。所有的來信我都會抱著感恩的心情拜讀。

下一本書再見啦！

結城光流

小怪的陰陽講座

⑩還記得吧？在少年陰陽師第五集《雪花之夢》的後記裡，結城老師寫到自己幫敏次取個小名『TOSSHI』，這是照某縣知事的形象塑造出來的人物，那個人叫YASSHI。

⑪但是日文版的分篇，『天狐篇』還是從第九集《真紅之空》開始哦！

國家圖書館出版品預行編目資料

少年陰陽師.拾.光之導引 / 結城光流著；涂愫芸譯.
-- 初版. -- 臺北市：皇冠, 2008[民97].11
面;公分. --(皇冠叢書；第3795種 少年陰陽師；10)
譯自：少年陰陽師　光の導を指し示せ
ISBN 978-957-33-2481-2(平裝)

861.57　　　97019553

皇冠叢書第3795種

少年陰陽師 10

少年陰陽師——

光之導引

少年陰陽師
光の導を指し示せ

作　　者—結城光流
譯　　者—涂愫芸
發 行 人—平雲
出版發行—皇冠文化出版有限公司
台北市敦化北路120巷50號
電話◎02-27168888
郵撥帳號◎15261516號
皇冠出版社(香港)有限公司
香港上環文咸東街50號寶恒商業中心
23樓2301-3室
電話◎2529-1778　傳真◎2527-0904
出版統籌—盧春旭
印　　務—林佳燕
校　　對—余素維・陳秀雲・丁慧瑋
著作完成日期—2004年
初版一刷日期—2008年11月
初版六刷日期—2013年12月
法律顧問—王惠光律師

讀者服務傳真專線◎02-27150507
電腦編號◎501010
ISBN◎978-957-33-2481-2
Printed in Taiwan
本書特價◎新台幣199元/港幣67元